Michel André

FARNIENTE

Vade-mecum d'égologie pratique

2015

© 2015 - Michel André
Edition: BoD - Books on Demand
12/14 rond-point des Champs Elysées, 75008 Paris
Imprimé par Books on Demand GmbH, Norderstedt, Allemagne
ISBN : 9782322040582
Dépôt légal: septembre 2015

Farniente

Bien *être* et ne rien *faire*. Ne rien *faire* qu'*être* ?... Entreprise radicale mais peu méritoire en vacances au bord de la mer, car rien n'oblige ici quiconque à faire quoi que ce soit, sinon bronzer sur place et se baigner si le cœur lui en dit... Non seulement ne rien faire de concret, mais m'abstenir de me faire des idées, autrement dit de me creuser la tête pour rien. Ne pas me contorsionner l'esprit en de vaines gymnastiques cérébrales, acrobatiques et périlleuses ! Bref, ne pas m'*en* faire - *en* désignant ici ce tas de préoccupations courantes artificiellement créées et savamment entretenues dans notre esprit par la vie en société : soucis, projets, espoirs illusoires ou non, engouements éphémères, idées toutes faites ou que l'on se fait, regrets, remords, reproches à soi-même, etc..., toutes choses qui, manifestement, sont loin d'être des nécessités vitales. Me méfier en particulier des effets durables du conditionnement exercé sur mon cortex d'humain moyen par le milieu urbain durant onze mois d'activités laborieuses et/ou ludiques. Me garder par exemple de l'avidité chronique engendrée et développée au niveau de ma vue, de mon ouïe et de mon toucher par une ambiance généralement sursaturée en stimuli sensoriels, un tel *pré*conditionnement pouvant amener la partie la plus aliénée de ma personne à éprouver comme de l'ennui le vide élémentaire et salutaire qui prévaut en bord de mer, et me pousser en conséquence à le meubler en recherchant cette chose intrinsèquement paradoxale et verbalement contradictoire : des *vacances* bien *remplies* ! Nonobstant une campagne médiatique aussi insidieuse qu'odieuse, ne rien faire donc, ne pas m'*en* faire, bronzer "idiot" à journée(s) longue(s) et m'en trouver tout à fait bien, merci !

-Ne pas même visiter les curiosités locales, refuser les *initiatives* proposées par les syndicats du même nom ?

« CET ÉTÉ, NE BRONZEZ PAS IDIOT ! » Voilà plusieurs années que ce slogan nous est administré par voie de presse et de publicité, le milieu médiatico-social cherchant ainsi à convaincre l'estivant tout venant que je suis (et sans doute y serait-il parvenu si mon instinct ne m'avait alerté) qu'employer ses vacances à se retrouver soi-même au soleil (*bronzer idiot*) est une pratique coupable et imbécile, tandis qu'investir son temps libre via les voyagistes dans des activités pseudo-culturelles harassantes (en fait un simple prolongement des activités socioprofessionnelles du reste de l'année) est pour l'être humain socialisé une façon hautement valorisante et louable de s'occuper !

Demi-surprise du dictionnaire (je l'avais pressenti) : *idiot* (*idios* en grec et *widar* en indo-européen) n'a à l'origine aucune connotation d'imbécilité, mais caractérise simplement le particulier par rapport au commun, le singulier par rapport à l'ordinaire, l'individuel par rapport au collectif. Si je m'en réfère au savoir étymologique le plus strict, l'assimilation d'*idiot* à *imbécile* ne vient donc pas du Langage lui-même mais plutôt de l'usage étourdi, ou plus vraisemblablement intentionnel, qu'en a fait et continue d'en faire le milieu social, notamment dans ses compartiments scolaire et publicitaire. Un sacré détournement de sens ! Joli tour de passe-passe sémantique à l'actif de l'autorité médiatique que faire passer ainsi - auprès d'esprits aussi avertis et circonspects que le mien, et contre l'avis même du Logos -, le positif pour négatif et le négatif pour positif ! De qui se moque-t-*on*, où veut-*on* en venir, et qui est ce *on*...?

Grave soupçon dans mon esprit : les médias, serviteurs zélés du Milieu socio-humain, auraient pour mission secrète de détourner le sens originel de certains mots dans le but de favoriser les desseins de leur Maître ? Il s'agirait en somme de me dissuader de mettre à profit mon temps libre (et le beau temps) pour me refaire une santé égologique, au pré-texte que c'est mauvais pour moi, alors qu'en fait, et de noto-riété publique, le préjudice - s'il y a - ne concerne que les médias, condamnés qu'ils sont à faire moins d'audience en été que le reste de l'année. La Société elle-même, à travers eux, s'estimerait lésée, voire menacée, en ceci qu'elle con-trôle moins bien *son* monde dispersé à titre individuel "dans la nature" au moment des vacances que concentré en entre-prises en temps normal (ouvré), ou guidé en troupeaux do-ciles et fourbus durant les nécessaires congés. Qui prend-*on* pour un imbécile ?

«Cet été, ne bronzez pas idiot ! » Via de multiples dé-pliants publicitaires, ce slogan imprègne (infecte !) les neu-rones cérébraux des salariés du secteur public, comme du privé, dès le mois de janvier. Et personne, à ma connais-sance, ne cherche à percer la *motivation* profonde du dit message ? Et il s'en est fallu de peu que je n'abandonnasse moi-même, en début d'année, mes habituels projets de va-cances "toutes bêtes" au bord de l'océan pour je ne sais quelle activité de groupe, ludique, et pis que tout, culturelle !

Le message enfin décrypté des médias : « Que le temps

libre en général, les vacances en particulier, soient pour toi l'occasion, non d'approfondir ton particularisme ontologique, ton *idiotie* par rapport à la communauté humaine, mais, au contraire, de poursuivre et développer, sous d'autres formes et sous d'autres cieux, ton intégration à la dite communauté - intégration du reste déjà bien avancée durant l'année scolaire et/ou professionnelle. Que les loisirs *organisés* concourent comme les autres facettes de ton existence - travail, communication, communion - à l'émergence du super-organisme auquel toutes nos petites personnes aspirent comme un seul Homme ici-bas : l'Humanité ! ».

Autrement dit, l'*on* veut me dissuader de mettre à profit mon temps libre pour me refaire une santé tant physique qu'égologique sous le prétexte fallacieux que c'est mauvais pour moi, alors qu'en fait c'est aux médias et voyagistes, et à travers eux au milieu social tout entier, à l'Humanité en personne, qu'un tel "retour à moi" est préjudiciable. *On* me prend pour un imbécile...

Mais pourquoi cette formulation ambiguë du message publicitaire ? et pourquoi en appeler à la vanité culturelle de l'individu...? S'agissant d'abuser un esprit de perspicacité moyenne comme le mien, utiliser le mot *idiot* n'est pas des plus *malins*, car l'étymon laisse filtrer encore aujourd'hui une bonne part de sa vérité originelle. Nul en effet - en tout cas pas moi - n'est censé ignorer qu'un *idiotisme* n'a rien d'imbécile, et qu'un *idiome* n'est pas forcément bête, sans parler d'*idiosyncrasie,* terme sans rapport avec le crétinisme. Latiniste médiocre en mon temps (et non-helléniste de toujours), j'ai donc quand même très vite dressé l'oreille et flairé d'instinct le double sens... Si l'*on* souhaitait vraiment tromper son monde avec un taux de réussite voisin de 100%, sans doute eût-il mieux valu utiliser dans le slogan (publi)cité, plutôt qu'*idiot* l'un de ses synonymes courants, et sans ambiguïté, comme *stupide,* ou *imbécile* ?

-Cet été, ne bronzez pas imbécile ! ne bronzez pas stupide…?

À première ouïe, *stupide* sonne mieux qu'*imbécile,* mais moins bien qu'*idiot.* Dans les deux cas, la formule est moins bien sonnante, moins percutante. Dois-je en conclure que le choix d'*idiot* par les médias dans leur appel aux masses à ne pas trop s'individualiser durant l'été n'est pas *malicieux* mais répond au seul critère de l'efficacité phonique ? Autre explication, plus subtile et surtout plus conforme à l'entreprise anti-nombriliste systématique menée par la Société à l'encontre des "idiots" de notre espèce : tout en cherchant à nous tromper en permanence sur ses intentions et ses objectifs secrets (l'inconditionnelle soumission des individus à son autorité), le Milieu médiatico-social serait tenu par quelque instance supérieure (le Logos en personne ?) de laisser légèrement mais constamment percer la Vérité à travers ses paroles et messages fallacieux ; juste ce qu'il faut de vérité pour qu'un esprit tant soit peu attentif et perspicace ait une petite chance (quelques %) d'entrevoir le vrai sous le faux du slogan, et de pouvoir en conséquence, s'il le souhaite, se soustraire aux injonctions trompeuses et pernicieuses qui lui sont adressées. Que l'individu puisse faire jouer son libre-arbitre ferait en quelque sorte partie du jeu, s'inscrirait dans le droit fil de la supposée liberté laissée par Dieu à l'être humain en tant que créature créée à son image. Hypothèse séduisante.

Pour ce qui me concerne, n'étant pas complètement idiot (ou l'étant au sens originel du mot), j'ai donc très vite compris qu'il serait *imbécile* de ma part de ne pas profiter ici de mon temps libre pour me refaire une santé, non pas seulement physique, mais aussi et surtout psychique. Je bronze donc "idiot" en toute connaissance de cause ! N'en déplaise aux médias culturo-touristiques, la bronzette à journée longue, quand le temps s'y prête, tient une place non négligeable dans ma pratique égologique. Allongé au soleil, le double store de mes paupières tiré sur la réalité visuelle environnante, j'économise une quantité non négligeable d'énergie attentionnelle. Au regard introverti dont je m'inonde profusément fait écho le bienfaisant faisceau lumineux, non moins chargé d'énergie positive, dont le soleil veut bien me gratifier. La caresse solaire ainsi prodiguée ramène mon univers physique aux dimensions modestes et raisonnables ("à ma mesure") de mon enveloppe corporelle, autrement dit mon épiderme, tel que perçu de l'intérieur. À l'instar d'un rayon laser, le soleil fait le tour de ma personne, en souligne à mon intention (?) les contours galbés, les reliefs avantageux. Tout *est* là ; rien au-delà...

« Alexandre, ôte-toi de mon soleil ! » forte et ancienne parole d'une tête forte qui, en son temps, sut jouir de l'essentiel et s'y tenir, Diogène…

Être *au* soleil : une manière d'être *à part* et surtout d'être un peu *mieux*, un peu *plus* soi-même qu'on ne l'a été *au* travail le reste de l'année, ou même *aux* commandes de son véhicule automobile pour se rendre en vacances... Être au soleil, être au volant ? Deux manières d'être diamétralement opposées. La première permet à l'individu de fermer les yeux, tandis que la seconde l'oblige à les garder ouverts, bien ouverts ! Être *au* volant, mais aussi *au* travail, *au* spectacle, ou même *au* téléphone exige une attention individuelle particulière (principalement visuelle et auditive), *à l'égard* et *au bénéfice* d'un objet déterminé. Or *au soleil*, la projection visuelle vers l'astre incandescent est non seulement facultative, mais déconseillée, car dangereuse. L'on s'y brûle la rétine… Yeux ouverts, l'attention que l'on *prête* au Roi Soleil ne se porte pas directement sur lui mais plutôt sur sa diaspora : les objets et sujets qu'il éclaire… Yeux fermés, profiter des bienfaits tactiles du rayonnement solaire, en particulier sur la peau, n'exclut pas certaines précautions. L'attention que le soleil prête aux *idiots* quasi nus présentement allongés, immobiles, des heures durant sur la plage océane, n'est pas forcément amicale. Hors de toute protection chimique ou tissulaire, l'épiderme peut s'y brûler et s'y déshydrater, risquant même à la longue d'y contracter quelque mélanome bénin ou malin... Plus dénudé le corps, plus effectifs, voire dangereux, les impacts photoniques (*coups de soleil*). C'est une question de tact, de crème, de type épidermique, mais aussi de conditions ambiantes…

L'essentiel est que s'opère ici une inversion parfaite de l'habituel rapport sujet-objet. *Je* deviens *objet* d'attention, bienveillante ou malveillante (à vrai dire *il* s'en fout), de la part de cette entité quasi divine qu'est le Soleil depuis l'Égypte antique. Non *sujet à*... mais *sujet de*... sa Majesté ! Occasion en tous cas pour moi d'activer ma synthèse de vitamine D, mais aussi, et plus essentiellement, de (re)prendre quelque peu conscience de ma réalité la plus immédiate, mon propre corps, et la plus intime, mon for intérieur, au détriment de tout ce qui l'entoure, océan compris ; un confortable repli sur moi censé favoriser mon recueillement égologique et *déboucher* sur quelque forme active d'introspection… Conditions idéales aujourd'hui : un chaud soleil sur fond d'air frais... Une brise légère venue de l'Atlantique atténue ce que les dards solaires pourraient avoir de trop ardent ! C'est sur mon corps une douce et tiède caresse voluptueuse, telle qu'aucun(e) admirateur(trice) de ma petite personne en ce monde ne m'en prodigua et ne m'en prodiguera sans doute jamais...? À travers le regard du soleil, je sens en quelque sorte se concentrer sur moi l'attention de l'univers entier ; une focalisation qui, après l'anonymat des foules urbaines où j'ai baigné l'année durant, me fait réellement *chaud* au cœur, autant qu'à l'esprit, et constitue pour moi, s'il en était besoin, une autre bonne raison de "bronzer idiot" (et une non moins bonne raison pour les médias de stigmatiser mon attitude et tenter de *me* prendre pour un imbécile ; pis encore, de me faire passer pour tel à mes propres yeux !)

*

Vide, vidange…

Faire la vidange annuelle de mon cerveau, à commencer bien sûr par ce qui s'y est imprimé de réalité visuelle, ou *vidéo* ; dessein que facilite la relative uniformité (formes et couleurs) du milieu balnéaire : sable, mer, ciel, trois longues bandes homogènes, superposées d'un bout à l'autre de l'horizon, dont deux sont susceptibles d'être confondues par temps de brume... D'un coup d'œil, l'on embrasse le paysage entier ; nulle surprise donc (agréable ou désagréable) à attendre de nulle part. Et si surprise il y a, l'espace bien dégagé permet de "voir venir"…

Bonne occasion de m'en tenir à une vision globale de la réalité ambiante, exempte d'identification particulière, donc économe en énergie psychique ? Seule m'en empêche, sur le moment, cette habitude fâcheuse, mais tenace, *contractée* par mes yeux en milieu urbain ou suburbain, de se gaver de mille détails visuels, d'en prendre *plein la vue* ! Difficile de priver d'un coup mes rétines de ce qui fait leur *ordinaire* onze mois sur douze, en l'occurrence les faire renoncer à "se mettre sous l'œil" un petit quelque chose : une voile en mer, une cheminée fumante à l'horizon, un vol de mouettes au-dessus de nos têtes… L'agitation marine à base de houle ne supplée qu'en partie au remue-méninges engendré et inscrit dans mon cortex en milieu urbain par le moutonnement continuel de la foule et des engins mobiles en tous genres. Mon présent sentiment d'insatisfaction psychique traduit un

manque incontestable de stimulation au niveau de mes neurones cérébraux ; d'où l'impression fâcheuse que la principale de mes facultés attentionnelle, la vue, "tourne à vide"...
Après onze mois passés en des lieux surchargés de choses à
voir et identifier, je suis devenu, à mon insu, un gros voyeur,
un *avide* boulimique de la *vidéo*, difficile à sevrer d'un coup.
Commencer par fermer les yeux…?

Le sevrage oculaire en plein jour, et a fortiori en plein soleil, n'est pas chose aisée. Plus poreuses qu'attendu, mes
paupières laissent passer d'innombrables photons, qui, même
s'ils n'engendrent pas des vues contrastées et des contours
précis au niveau de mon cortex, ont cependant pour effet
d'inonder ma rétine d'une lueur orangée persistante. Par ailleurs, exposées qu'elles sont à un bombardement photonique
continu, mes paupières battent de l'aile, palpitent, échappent
à tout contrôle, menacent à tout instant de se soulever
(s'envoler), donc de laisser l'environnement visuel s'engouf-
frer en trombe dans ma boîte crânienne via mon nerf optique.

Moyen plus radical de me couper du monde : me couvrir la
face d'un morceau de tissu plus ou moins opaque, mon pull
en l'occurrence. Dans un premier temps c'est effectivement
la nuit noire…, mais pas pour longtemps. Deux trois rayons
lumineux plus vigoureux que la moyenne traversent l'écran
textile, suivis bientôt d'une foule de petits points d'irisation
scintillant comme des étoiles, modèle réduit du firmament
nocturne : le cosmos innombrable à mon échelle, à ma portée... ? Cette intrusion sidérale inattendue a pour effet bénéfique d'exclure de mon champ de vision la totalité du monde
sublunaire, océan compris… Un spectacle miniature dont
mes yeux cependant ne tardent guère à se lasser. S'agitant et
se débattant sous l'étoffe qui les emprisonne, ils cherchent à
s'échapper d'un côté ou de l'autre. S'estimant injustement (?)

privés de ce qui "à leurs yeux" fait le prix du bord de mer (à savoir l'espace vide, la bien nommée *vacance*), leur double attelage aspire moins à s'en mettre ici "plein la vue" qu'à vaquer librement, "à perte de vue" et en tous sens, tels ces chiens qu'on détache sur la plage, après des mois de chenil ou d'emprisonnement citadin... Pousser plus loin cette métaphore : deux jeunes chiens qu'on tente en vain de retenir d'une laisse d'à peine dix centimètres ; les secousses qu'ils impriment à l'écran de tissu ! leurs efforts répétés pour s'en dégager, s'évader par le haut ou le bas, par la gauche ou la droite ! et, faute d'y parvenir, la façon ingénieuse dont ils tâchent à présent de faire jouer je ne sais quelle connexion secrète ou complicité neuromusculaire dans le corps de leur maître pour amener l'une de ses main à repousser d'un geste impatient le pseudo couvercle sidéral, ou inciter son buste à s'en débarrasser d'un coup en se dressant à l'air libre.

Mais cette fois, je tiens bon. L'expérience estivale aidant, je possède désormais une certaine maîtrise des différents membres et constituants, plus ou moins physiques ou psychiques, plus ou moins dociles ou récalcitrants, de ma personne, grâce à quoi je ne me laisse plus si facilement surprendre par les tiraillements impulsifs de mes globes oculaires, ni par les insidieuses manœuvres en sous-main qu'ils voudraient fomenter dans telle ou telle partie de mon corps. L'on va enfin voir qui est le maître ici ; qui de moi ou de ma paire d'yeux exerce son *joug* sur l'autre !

Yoga... La bonne maîtrise de *soi* repose sur un principe élémentaire de la pratique "yogique", selon lequel il est plus facile d'appréhender (donc *juguler*) la réalité matérielle que l'immatérielle (intellectuelle et/ou spirituelle)... Tenir en main (?) la double laisse de l'attention visuelle exige qu'on la fasse apparaître, puis qu'on la stabilise sous forme d'image mentale, à défaut de mieux... C'est ainsi qu'au bout d'un moment le *câblage* neuronal assujettissant mon appareil visuel devient suffisamment *voyant* pour que je puisse le contrôler, et que mes yeux, enfin *subjugués*, finissent par se calmer et par se satisfaire, faute de mieux, des milliers de points lumineux que leur offre l'ombre intime de ma serviette. Pour varier le spectacle, j'en modifie la configuration, *ad libitum*, grâce à d'infimes déplacements de ma tête par rapport à l'écran textile : un effet kaléidoscopique, un jeu d'enfant... Le rassasiement oculaire ainsi obtenu se mue bientôt en un sentiment plus fort, plus spirituel, plus rare aussi, qui n'est pas sans rappeler (sans l'égaler) celui que l'on ressent parfois dans la *réalité*, la nuit en rase campagne ou en haute montagne, face au firmament nocturne en vraie grandeur, constellations et Voie lactée au grand complet. Rares occasions d'un éclatement total de l'étroit cadre de vie de tous les jours, une forme d'extase...

Mon tête-à-tête avec l'espace microcosmique aboutit à ce sidérant constat : l'être au monde que je suis ouvre de façon directe et constante (de nuit, mais également de jour si, à défaut de mon œil, ma pensée veut se donner la peine de franchir la couche nuageuse et/ou la coupole d'azur) sur le Cosmos étoilé, et, par-delà, sur l'Infini... D'où cette stupéfiante évidence trop souvent exclue de mes préoccupations terre-à-terre : l'Infini et moi-même sommes "de plain-pied", parties prenantes du même espace-temps universel ; nous cohabitons, coexistons dans un même plan de réalité en tant que protagonistes majeurs de l'Être !... *Être*, ce n'est pas seulement être *au* monde, c'est aussi, et en premier lieu, être *à* l'Infini... De jour, en l'absence des étoiles, je perds littéralement de vue ce partenariat glorieux, mais également de nuit, dès lors qu'un toit me coiffe en permanence, ou dans la rue, quand l'éclairage public encrasse le velours noir du ciel.

La tête toujours enfouie sous mon chandail aux mailles cosmoporeuses et me félicitant d'avoir mis fin d'aussi simple et drastique façon à l'immixtion grossière quasi permanente du *mi*lieu terrestre entre ma réalité personnelle et celle de l'Infini, en ai-je pour autant fini avec l'*inter*médiaire fâcheux, cet intrus qu'est l'entre-deux-mondes...? Tout bien considéré, l'abolition *mondaine* ne concerne qu'un seul de mes cinq sens physiques, la vue. Sur le plan tactile, la terre continue de se faire sentir à mes chairs compressées et à ce paquet d'os plus ou moins tassés qu'est mon squelette... L'attraction univer-selle rend depuis Newton la terre obstinément présente (*pressante*) à tout corps pesant, le mien ne fait pas exception. Aussi moelleux que puisse être le support sableux où je me prélasse, je suis tenu de rectifier ma position physique pério-diquement, sous peine de crampes... La pression auditive exercée sur la membrane de mon tympan et le colimaçon de ma cochlée par le remue-ménage marin n'est pas en reste : elle n'a nullement faibli, mais s'est plutôt accrue. Compensa-tion sensorielle (?), depuis que je les occulte les vagues ont pratiquement triplé leur volume sonore ! Et l'odeur par ail-leurs : l'haleine puissante du Large s'insinue plus que jamais, via mes narines ouvertes, au plus intime de ma personne !

-Chasser la réalité d'un de vos sens, elle revient en force par tous les autres...

N'en demeure pas moins cet acquis essentiel "à mes yeux", l'effacement temporaire (?) du monde visible et la détente oculaire non négligeable qui en résulte... Qu'à ce stade un *nuage* extérieur intercepte le soleil et me prive du firmament fictif, me voilà soudain plongé dans une obscurité et une fraîcheur peu agréable pour ma peau nue... (Rappel à l'ordre *physique* des choses : *être* est a priori une bonne chose, mais la chose présuppose un certain bien-être, ou confort corporel... Or, la plage de bien-être thermique d'un épiderme humain dénudé est notoirement étroite ici-bas. Entre le frissonnement et la brûlure, il s'en faut de quelques degrés Celsius !)... "Ombre au tableau" heureusement provisoire ; après passage du petit cumulus (nuage de beau temps), la tiède caresse solaire se fait à nouveau sentir, et les lumières astrales et sidérales, piquetées dans la trame même de l'écran textile, se rallument une à une avec une intensité et un intérêt renouvelés. Mais si la panne se prolongeait, pourrais-je empêcher longtemps mon regard de se faufiler au dehors afin de vérifier *de visu* l'état proche et lointain du ciel ? Le temps qu'il va faire, le Temps à venir (quatrième dimension) ? Mon record de repli sur moi à ce jour est de deux heures et trente minutes - temps de sommeil exclu bien entendu. On peut faire mieux. Je m'y applique...

*

Dans le bain...

Bain de soleil et bain de mer sont les deux temps forts (et complémentaires) du périodisme balnéaire... Leur alternance régulière assure au vacancier un bon équilibre thermique à fleur de peau et en deçà, jusqu'à l'endoderme.

Entrer dans l'eau, passer la première vague, puis se laisser porter et ballotter par l'élément liquide : sensation immédiate de fraîcheur et d'affranchissement pondéral...

En tant que partisan du moindre effort, m'abstenir cependant d'en *faire* trop. Me contenter de faire paresseusement ce qu'on appelle "la planche", sur le dos, face au ciel, l'océan d'azur au-dessus de ma tête. Le matelas d'eau, d'abord plus confortable, plus moelleux même que le sable, se révèle à l'usage moins porteur ; si l'on s'y laisse aller plus de quelques secondes, les pieds coulent, entraînant vers le fond tibias et cuisses, fesses et buste, puis la tête même et tout ce qu'elle peut contenir d'utile et de futile. Pour la maintenir hors d'eau, il faut *faire* quelque chose, mouvoir tant soit peu bras et jambes... Mouvements semi-conscients, plus amples en tous cas que l'imperceptible tremblement musculaire associé au pseudo-repos total du corps sur le sable, ou même dans un lit... Pas question ici de s'abandonner au *farniente* intégral, et moins encore au sommeil profond... L'eau même salée n'est pas (n'est plus ?) le milieu naturel de l'Homme. Seuls les poissons, méduses, hippocampes, et autres créatures aquatiques ont le privilège de s'y laisser aller, "entre

deux eaux". Et seuls certains oiseaux, les mouettes et goé-
lands par exemple, parfois les cygnes, flottent en surface
sans avoir rien à faire, au gré des flots (si ceux-ci ne sont pas
trop agités, ni pollués par le fioul)… Chez l'être humain, un
minimum d'effort physique est donc requis pour surnager sur
place, ventre en l'air. Un effort qui, s'il *va de soi* dans les
débuts, ne tarde pas à se faire sentir, engendrant un début de
fatigue musculaire, dont le signalement au niveau du cerveau
ne laisse plus guère de place à la pratique égologique. Il est
courant que je suspende celle-ci quand je nage…

Exercice particulièrement complet, la natation met en
œuvre l'ensemble des muscles du nageur, y compris les
moins accessibles d'entre eux, ces petits muscles dorsaux,
ventraux qui, en temps normal, échappent aux commandes
cérébrales. Je m'émerveille chaque fois de la machinerie
complexe et parfaitement coordonnée mise en branle par la
nage la plus fruste, la brasse par exemple, simple ou *coulée*,
indienne ou classique - dans mon cas, ne parlons pas de
crawl… Chez moi, comme chez tout nageur confirmé, cela
fonctionne selon un double mode, machinal ou réfléchi, ou
en termes de pilotage aérien : automatique ou manuel ; parfois en semi-automatique… À défaut de méditation profonde,
l'exercice natatoire n'empêche pas ma pensée de vaquer ici
et là, dans l'immédiat et le médiat, et de s'abandonner à des
commentaires plus ou moins "circonstanciés" :

-L'eau est bonne ; elle fait au moins 18°…

-Elle est quand même moins chaude qu'en Méditerranée…
Et par association d'idées :

-Les championnats du monde de natation débutent dans
moins d'un mois en Australie, la famille Manaudou devrait y
faire des étincelles !

-Disons plutôt des éclaboussures ! Etc...

Vagabondage mental manifestement superflu, excluant toute introspection égologique valable. Les mouvements de bielle cadencés de mes bras et jambes activent la zone la moins *spirituelle* de mon cortex cérébral, celles des réflexions triviales automatiques :

-L'eau est bonne... M'abstenir toutefois d'y rester trop longtemps en ce premier bain... Après onze mois de séjour en espace confiné, bien souvent tabagique, le souffle me manque, mes muscles encourent l'hypoxie, etc…

Activité physique et commentaires oiseux vont toujours de pair, se stimulent mutuellement, sont en compétition énergétique. Le flux mental m'est aussi difficile à contrôler et maîtriser que celui d'un fleuve, ou, plus actuel, d'un courant marin. Dans la position où je suis, une chose préoccupe justement mes neurones : aucun repère topographique en vue ? L'horizontalité de mon corps sur le dos ne me permet pas de balayer du regard mon environnement balnéaire, c'est-à-dire de garder bien en vue et présents à l'esprit ces deux pôles de l'orientation marine que sont d'un côté *la côte*, de l'autre *le large*. Comment savoir si ne m'emporte pas vers ce dernier un imperceptible mais puissant courant marin…?

Pas question de rester trop longtemps dans cet état d'incertitude. Reprendre pied s'impose à mon esprit et enjoint à mon corps de se redresser et de chercher du gros orteil, sous lui, le fond sableux ? Constatant que je n'ai pas pied, je passe sur le ventre, afin que mon regard puisse, à fleur d'eau, retrouver ses repères. Mais c'est pour découvrir que je suis loin du bord ! Entraînés vers le large ? Il faut donc que je *brasse* dans la direction opposée, à contre-courant, et ceci a pour inévitable effet d'accroître la fatigue musculaire au niveau de mes membres, notamment supérieurs. À peine transmis via mon système nerveux à mon poste de commande cérébral, ces signaux négatifs y déclenchent l'alarme (sinon la panique !) et me forcent à me concentrer sur un seul objectif désormais : me rapprocher du bord... Maintenir mon corps en surface et a fortiori le propulser à travers l'élément liquide équivaut à nager de façon plus consciente, autrement dit *voulue,* ou pour mieux dire *vécue...* J'enchaîne une vingtaine de ces brasses *consciencieuses,* mais n'ai toujours pas pied ! Se peut-il que malgré mes efforts un courant contraire, insensible mais irrésistible (un courant de *baïne*) me tire vers le Large...? « En pareil cas, ne surtout pas céder à la panique ! » nous recommandent les maîtres-nageurs-sauveteurs... Tâcher de maîtriser l'agitation désordonnée qui gagne mes membres ; exhorter mes divers muscles à surmonter la fatigue qui les tétanise ; évacuer de mon esprit le nœud d'inquiétude qui, tapi à l'arrière de mon crâne, cherche à me paralyser de la tête aux pieds ; ordonner à mon corps d'enchaîner une trentaine de brasses supplémentaires en direction du bord... Jusqu'à ce qu'enfin mon gros orteil effleure le fond sableux :

-Sauvé !

Reprendre pied..., regagner la plage au plus vite..., m'essuyer..., m'étendre sur ma serviette et y prendre cet indispensable complément du bain de mer qu'est le bain de soleil... Or, contre toute attente, je prends mon temps, le temps qu'une ou deux vagues viennent fouetter mon torse émergé ; je me surprends même à plonger dedans !

-Qu'est-ce qui *me* prend ?

Maintenant que j'ai repris pied (et confiance), je prends un certain plaisir à rester dans l'eau, repasse sur le dos, bouche ouverte vers le ciel, que j'aspire à grands traits, histoire de récupérer... Repassant à nouveau sur le ventre, l'envie me prend (et j'en suis à nouveau surpris) d'exécuter toute une série de brasses *gratuitement* ! C'est comme si un autre moi-même venait de prendre les commandes de mon appareil cérébral et des quatre membres qui lui sont assujettis. Donc au lieu de regagner la plage et s'y mettre au soleil, mon corps s'est "mis en tête" de rester en mer, et se trouve *possédé* par l'envie frénétique d'y nager de plus belle !

-Qu'est-ce qui *lui* prend ?

Une, deux, trois quatre cinq, six, sept, huit…, une vingtaine de brasses vigoureuses successives le long du bord… La motivation hydromotrice qui m'anime ici a cessé d'être "conservatoire", me faisant passer d'une démarche strictement *utile* (car salutaire) à un comportement incontestablement *futile* : le souci de la forme… Arguant non sans raison que forme physique et forme psychique vont de pair (irrigation sanguine adéquate du cerveau), ma pensée me fait valoir que l'effort corporel (natatoire, ambulatoire, ou autre) répond à une nécessité quasi ontologique de l'être-au-monde (*Dasein*), et qu'il me faut saisir toute occasion de m'y livrer ! Le but désormais affiché par mes neurones cérébraux (et assigné à mon corps entier via mon système nerveux) n'est donc pas, n'est donc plus seulement de regagner la plage au plus vite, ni de jouir un moment encore du contact hydrique, ni même de retrouver, grâce à la natation, un minimum de forme physique et m'y maintenir (objectif après tout louable), mais plutôt d'améliorer cette forme (ambition beaucoup plus contestable), et pis encore, de la *gonfler* outre mesure…?

Tandis que se prolonge et s'intensifie l'action de tous mes muscles aux prises avec l'hydre océane, et malgré la fatigue accrue signalée par mes nerfs et tendons en ce haut lieu qu'est ma boîte crânienne, une petite image de ma personne se met à poindre dans la grisaille de mon cerveau. Bien qu'inactuelle, elle s'y développe et me cause un réel plaisir, m'incitant à persévérer dans l'effort... Cette image à ma ressemblance, mais aux muscles plus arrondis, à la peau plus bronzée, à la silhouette plus élégante aussi, ne m'est pas inconnue : elle s'extrait de l'eau et se déplace avec une athlétique aisance sur le sable dur de l'estran, suscitant dans son sillage une traînée continue de regards appréciateurs ou envieux, d'origine majoritairement féminine, parfois masculine... Image flattée de ma personne, exactement con*forme* à ce que j'ai été ici-même l'an passé, au bout de deux semaines de bronzage naturel et d'exercices natatoires intensifs. Une telle image m'incite à poursuivre aujourd'hui mes efforts musculaires et refoule au second plan de mon vécu les désagréments conjoints de l'hypoxie respiratoire et de l'acide urique que mes muscles, à court d'entraînement, accumulent désormais de façon douloureuse à chaque contraction nouvelle que leur impose ma progression dans l'eau...

-Qui en *fait* trop est un *faiseur* !

Remarque acerbe propre à saper (stopper) les efforts valeureux du sportif et miner la satisfaction morale qu'il en retire... En faire plus qu'il ne faut, c'est chercher à se mettre en valeur; et ceci vaut pour toutes formes de l'activité humaine, physique comme intellectuelle... Il y a *forme* et *formes*, et de celle-là à celles-ci l'indéniable irruption d'une certaine fatuité, celle de l'athlète. Si vouloir me garder "en forme" peut sembler à tous égards louable, utile et légitime, par contre chercher à développer mes formes (musculaires) pour elles-mêmes correspond à une démarche non seulement futile mais carrément négative sur le plan de l'hygiène spirituelle et celui de la pratique égologique... Développer, cultiver mes muscles au-delà du strict nécessaire privilégie le *paraître* sur l'*être*, revient donc à négliger ma vie intérieure. Ne m'étais-je pas promis de développer celle-ci plutôt que ceux-là à l'occasion de mes vacances d'été...? Les bonnes résolutions fondent comme beurre au soleil, ou se dissolvent comme farine dans l'eau, se désintègrent plus encore en présence d'autrui et des regards, dévorants ou foudroyants qu'il est susceptible de darder sur vous ! un piège où je tombe encore trop souvent... Aussi flatteuse que soit l'image que je me fais de ma personne physique, il est égologiquement néfaste de la laisser poindre ainsi dans les demi-ténèbres de mon cerveau, car elle va immanquablement se répandre au dehors et se reproduire tôt ou tard au creux des rétines étrangères. Il y a là pour ma subjectivité un germe d'objectivité redoutable ! De ma tête où elle est née, l'image embryonnaire s'en va migrer dans d'autres têtes, s'y démultiplier et créer de la sorte autant de points de vue sur ma personne ; des points de vue qui, même bienveillants, représenteront, ici et là, des centres potentiels d'où l'*on* pourra à tout moment contester ma prééminence ontologique ; gageons qu'*on* ne s'en privera pas. *Se* voir par d'autres yeux que les siens est une concession majeure d'un être aux autres êtres, une extrapolation redoutable d'un *ego* au départ singulier à la réalité multipolaire du monde, une concession majeure très difficile à rattraper. Se *forme* ainsi de ma personne une image objective qu'en temps normal, dans mon cadre habituel de vie, j'échoue - les circonstances ne s'y prêtant pas - à (re)mettre en cause. N'est-ce pas une telle remise en cause que mes vacances en solitaire devaient favoriser ?

Je sors enfin de l'eau, regagne ma place... Les muscles de la marche prennent la relève de ceux qui, vaillamment, ont pris la mer à bras le corps... Le soleil, pour sa part, reprend possession de ma peau. L'*embrasse* solaire me semble d'emblée plus chaleureuse, moins *saisissante*, que celle de l'eau (18°)... Le plaisir de l'immersion, on l'admet après coup, est bien plus cérébral que réel, de l'ordre de la satisfaction morale. Également *plaisants* pour mon épiderme, et aussi peu physiques, ces regards extérieurs effleurant mon corps au passage. Je les discerne à peine, me garde de les identifier. Mais comment éviter d'en ressentir les bienfaisants effets sur l'ensemble de ma personne, cerveau compris ? À l'instar des photons solaires (dont on pense aujourd'hui qu'ils sont de nature aussi bien corpusculaire qu'ondulatoire), un fluide énergétique indéniable parcourt ma peau et fait vibrer mon être... Un regard s'est posé sur moi que je m'abstiens de retourner ; une caresse à distance dont je continue d'ignorer la source, même si, du coin de mon œil gauche, je la situe vaguement à une dizaine de mètres de l'endroit où je suis. Un groupe de trois (?) personnes allongées dans le sable, leurs faces tournées vers moi... Je ne peux dire exactement combien, ni qui ils sont, et ne veux pas le savoir. Gare au piège de la différenciation ! Le bien-être d'être regardé est un plaisir moins naturel, plus frelaté que celui que procure le rayonnement solaire ou même le contact de l'eau... Mais n'est-ce pas déjà trop que m'attarder ainsi debout et mettre autant de temps à m'essuyer, avec autant d'application et peut-être même un zest d'ostentation, sur toutes mes faces...? C'est en effet bien plus que je ne fais habituellement. Point de mire de regards même flatteurs, ne devrais-je pas plutôt - non pas par modestie, mais par prudence égologique - m'aplatir au plus vite à l'horizontale, au ras du sable, afin de *me* soustraire le plus possible aux redoutables *coups* d'œil d'autrui...? La tendance exhibitionniste est latente chez l'être humain, en particulier le mâle ; elle l'est aussi chez moi. Je *me* vois tout à coup sur l'estrade d'un concours de beauté masculine adopter la posture grotesque du culturiste faisant jouer tour à tour les divers éléments de sa plastique muscu-laire sous l'œil expert d'un parterre de "vieilles peaux" !

*

Hauteur de vue...

Pratique égologique alternative pour m'arracher aux petitesses de ce bas-monde : prendre de la hauteur ? Paupières baissées face au soleil, m'extraire par la pensée de mon enveloppe corporelle, m'élever au-dessus du sol, toujours plus haut, me placer sur orbite géostationnaire et m'y livrer à des observations et considérations de type incontestablement extra-terrestre :

-En ce beau dimanche d'août, dix heures du matin : unie et nue jusqu'à présent, à peine foulée au pied par quelques bipèdes matinaux accompagnés ou non de quadrupèdes en laisse (ou non), la bande de sable appelée *plage* commence à se couvrir d'éléments multicolores de toutes tailles et de formes diverses à dominantes plutôt géométriques (cercles, triangles, rectangles...), mais de type nettement végétal. La plage étroite et longiligne se hérisse en particulier d'une multitude bariolée de champignons géants à tige fine, à l'ombre ou à proximité desquels se presse une faune mal définie, sans plume ni poil, des sortes de larves amorphes, aux couleurs peu voyantes et plutôt uniformes qui les rendent peu visibles quand elles ne bougent pas... D'abord clairsemé, *cela* s'étend de proche en proche jusqu'à ne plus former, après midi, qu'une bande unique de dense végétation multicolore grouillante de larves, sous laquelle la plage elle-même en tant que sable nu disparaît tout à fait... À partir de quinze heures (heure terrestre), les larves plus ou moins blanches, roses ou brunes (quelques-unes d'un rouge écrevisse !) s'extraient en grand nombre de leur support et/ou de leur couvert végétal, se dressent sur leurs pattes de derrière, progressent de quelques mètres et entrent en mer, vraisemblablement pour s'y rafraîchir. La plupart en ressortent au bout d'un temps variable, mais plutôt court, et regagnent leurs places respectives. Cette flore profuse et bariolée et la faune qui lui est associée offrent à l'œil avisé de l'observateur extra-terrestre un bien curieux spectacle. On notera en particulier l'aspect quasi spontanée de sa génération, mais aussi et surtout le fait botaniquement paradoxal qu'elle ne surgit que par temps sec et disparaît presque instantanément à la moindre averse…!

Prendre de la hauteur par rapport au niveau de la mer modifie la vision (*Weltanschauung*) que l'on a de ce bas-monde, rend celui-ci moins *terre-à-terre*. L'on y perd notamment de vue la plupart des activités humaines ordinaires. Au-delà d'un certain éloignement, en effet, les migrations quotidiennes, hebdomadaires ou annuelles des populations laborieuses ou vacancières, et ce que leurs mouvements impliquent de circulation routière, ferroviaire, aérienne (entre autres signes extérieurs de vie collective), cessent d'être perceptibles à l'œil nu, disparaissent de la surface du globe au profit de circulations plus vaporeuses, gazeuses, de type atmo-, strato, troposphérique… La réalité terrestre cesse d'être à proprement parler *humaine* ou animale, est à peine végétale… Sur photos prises à partir de la Lune, notre planète apparaît essentiellement nuageuse, continentale et océanique, avec parfois des signes de volcanisme… Au-delà de la Lune, la sphère terrestre continue de se rétracter jusqu'à n'être plus, à l'œil nu, qu'une bille d'agate bleu-pâle vaguement striée de blanc et de brun, où il m'est désormais difficile de distinguer réalités atmosphériques et océanes, pour ne pas parler des continentales. Si je recule encore un peu dans le cosmos, mon œil ne perçoit plus de la Terre qu'un point brillant parmi une multitude d'autres ; et si je pousse quelques années-lumière au-delà, ce *point* confine au *rien*, c'est-à-dire disparaît tout à fait de la carte du firmament... D'où ce constat que d'aucuns parmi mes congénères font avec découragement, d'autres comme moi avec soulagement :

-Il n'est pas de réalités qui tiennent ! Même nos plus grosses planètes, Saturne et Jupiter, ne tiennent pas la distance, c'est-à-dire ne résistent pas, optiquement, à l'éloignement spatial susceptible de leur être imposé par voie astronautique, ou plus radicalement par la pensée…

Autre constat moins évident, plus conceptuel :

-Ces monstrueuses planètes ne résistent pas non plus très longtemps au recul temporel que la pensée humaine est en mesure de leur infliger.

-Lorsqu'elle s'en donne la peine…

M'enfonçant grâce à ma pensée dans l'antérieur, comme dans le postérieur, je constate en effet qu'au bout d'un *certain temps* Jupiter, Saturne et même le Soleil cessent d'y figurer, ces grands objets célestes se perdant corps et biens dans la nuit des temps ! Conclusion : toute réalité *déterminée* ne tient (le coup) qu'à l'intérieur d'un espace-temps lui-même bien *défini* ; toute réalité ne se *réalise* pleinement (dans ses quatre dimensions) qu'en raison de ce souci *humain* que j'ai de me tailler un petit monde à ma mesure, amenant mon esprit pusillanime à faire l'impasse sur l'infini, autrement dit à s'abstenir d'aller au bout de ses possibilités mentales, d'effectuer un plongeon audacieux dans l'impensé ! *Fini* et *Infini* sont incompatibles (Leibniz dirait *incompossibles*) ; l'un tend à exclure l'autre et réciproquement. Il ne *tient* donc qu'à ma "hauteur de vue" que les contraintes de l'ici-bas se relâchent un peu, ou plus radicalement, qu'il n'y ait « rien plutôt que quelque chose »…, qu'est-ce qui *me* retient ?

Pour s'affranchir des rets de la réalité terrestre, Maître Eckhart préconise de se pénétrer à tout instant de l'idée de Dieu. Dans une même perspective, les bouddhistes sollicitent Bouddha, les taoïstes le Tao, les judaïstes Jéhovah, les islamistes Allah, etc… À titre personnel, j'ai recours de façon bien plus simple, quoique un peu plus abstraite, à l'idée d'Infini.

Principe égologique de base : prendre la juste mesure du *fini* et de l'*Infini*… Dans mes relations avec le premier, ne jamais perdre de vue l'essentielle primauté du second… Bon moyen de relativiser les choses indésirables ici-bas, les êtres, les évènements jugés désagréables - mais pas toujours avec succès ! Plus que l'idée de la mort et le sentiment de sa finitude (chez Kant et Heidegger), le propre de l'être-au-monde (*Dasein*) est son rapport possible et privilégié à (avec) l'Infini, mais aussi sa réticence (répugnance ?) certaine et à peu près constante à assumer cet immense privilège. Maintenir par la force de ma pensée les réalités de ce bas-monde dans ce qui constitue après tout leur milieu naturel et leur ultime référentiel, l'espace-temps infini, n'est-il pas le plus simple et meilleur moyen de les *minimiser* ? Le trempage adéquat des réalités finies dans un bain dissolvant d'Infini est en principe à la portée de tous les êtres doués de pensée, même si peu y recourent à ma connaissance. Je m'y efforce à l'occasion au moyen d'une sorte de mantra :

-L'Infini *est* de ce monde (il en est aussi la négation). Mieux encore, notre monde baigne littéralement dans l'Infini, il est tout imbibé de lui, transi par lui, constamment sur le point de s'y dissoudre !

Prendre conscience de cet "état de choses" originel, en tirer parti à tout moment et en tout lieu, peu d'êtres autour de moi y semblent résolus ; ce n'est pas une excuse ! Même chez moi une certaine réticence, mais aussi la vision consensuelle que j'ai couramment et collectivement du Monde extérieur, font trop souvent obstacle à cette prise de conscience pourtant élémentaire, et sans doute profitable sur le plan égologique…?

Mes contacts effectifs avec l'Infini, loin d'être permanents, sont épisodiques, fugaces, confidentiels, résultant le plus souvent d'un vertige astronomique, non pas direct (en présence du firmament nocturne), mais occasionné de loin en loin par quelque inhabituel et tonitruant énoncé des médias à ce sujet, tel que :

-Notre galaxie compte aujourd'hui plusieurs milliards de systèmes solaires semblables au nôtre, et l'Univers compte des dizaines de milliards de galaxies. Faites le compte !

Ces stupeurs numériques mises à part, mon tête-à-tête avec l'Infini est plutôt rare dans ma vie de tous les jours. Je considère toutefois avec Baudelaire que s'ouvrir à la réalité de l'Infini et s'en pénétrer est plus facile au bord de la mer qu'en milieu urbain ordinaire, ou dans quelque autre cadre de vie étriqué, rigide et clos… En finir avec l'étroitesse de vue que m'impose celui-ci ! Profiter de ma situation actuelle : le Large est l'antichambre de l'Infini. À moi de me montrer à sa hauteur ?

*

À l'Infini...

D'après mes souvenirs universitaires et post-scolaires, la référence majeure en matière d'infini reste Aristote. Les manières d'être ou *modes* de l'Infini inventoriés par le premier des "lycéens" à l'aube de la Philosophie occidentale sont au nombre de quatre : *spatial* et *temporel*, par *extension* ou *division*... Toucher du doigt (mental) l'Infini de mode 1 (extension spatiale) n'est guère ardu. Il me suffit, comme ci-dessus, de pousser ma pensée toujours plus haut dans le ciel, toujours plus loin dans le Cosmos, en recourant si nécessaire (chaque fois que des confins spatiaux prétendent en finir avec l'Infini) à la sacramentelle et imparable question :

-Qu'y a-t-il au-delà...?

Occasion pour le ver de terre réceptif que je suis de se livrer à des considérations sidérales sidérantes : je regarde les étoiles la nuit, elles ne me voient pas ! L'attention grandissante que *nous* leur prêtons collectivement est sans réciprocité... Dérisoires et vains sont les efforts de notre terre en général, de nos villes, en particulier la nuit (éclairage public, feux d'artifice), pour se faire remarquer du reste de l'Univers... Pas besoin d'aller très loin dans la galaxie pour y constater l'inexistence totale de notre petite planète. Infinis sont les champs de vécu dont sa réalité est exclue, de jour comme de nuit.... Le monde sublunaire dont nous faisons si grand cas ? Une réalité tout à fait parcellaire et sans doute éphémère... L'astrologie ? Une entreprise humaine minable pour se donner l'illusion d'entretenir des liens privilégiés avec le Cosmos...

-Alléluia !

L'Infini de mode 2 (division spatiale) m'est également facile à mettre en œuvre. Sa réalité saute aux yeux (et à l'esprit) de quiconque ici-bas veut bien se donner la peine - comme je le fais depuis ma plus petite enfance - de concentrer son attention quelques instants sur un brin d'herbe dans l'immensité d'un pré, ou sur un grain de sable ici-même, sur la plage :

-Qu'y a-t-il en deçà du grain de sable…?

-Des *atomes* de silice.

-Et en deçà de ces atomes…?

-Des *particules élémentaires.*

-Et en deçà des particules élémentaires…?

-Des *quarks.*

-Et en deçà des quarks…?

-Des *bosons.*

Et ainsi de suite à l'Infini (chaque quark ou boson devant être considéré, non comme l'équivalent naïf d'un astre de notre galaxie, ni même d'une galaxie de notre Univers, mais comme un univers à soi tout seul, grouillant de galaxies et d'astres)…

L'Infini de mode 3 (extension temporelle dans le passé *et* dans le futur) se conçoit également sans grande peine, mais non sans un artifice initial discutable de ma pensée, consistant à faire du Temps une sorte de réalité spatiale, une droite infiniment ouverte à ses deux bouts ; facilité mentale qui - je l'admets volontiers - n'est pas d'une grande rigueur intellectuelle. Artifice ou pas, je m'enfonce par la pensée dans le temps antérieur et postérieur aussi aisément que je viens de faire dans l'espace micro- et macrocosmique. J'y prends un

recul croissant par rapport au moment présent, lequel se rétrécit d'autant, jusqu'à disparaître tout à fait... De toute évidence, l'ici-maintenant ne tient pas plus l'éloignement dans
le temps, *i.e.* la *durée*, qu'il ne tient la *distance*... À noter (en
passant) que mon recul dans l'infini passé s'avère à cet égard
moins efficace qu'une projection mentale de ma pensée dans
l'infini futur... Considérer les temps anciens précédant
l'émergence de toutes choses affecte leur réalité de façon
moindre qu'envisager leur fin inéluctable. La pensée de
"l'inéluctable fin" est sans égale pour calmer les impatiences,
atténuer les regrets, minimiser les frustrations... Mais non
moins apte à doucher les enthousiasmes, refroidir les ar-
deurs, inhiber les efforts, réduire les ambitions, affadir les
délectations, etc... Elle est à double tranchant. « Dans peu de
temps, il n'en restera rien » se console-t-on d'un mauvais
moment à passer et des désagréments qui s'y rattachent...
« Hélas, cela ne durera pas » se désole-t-on d'un bon moment
et des bonnes choses qui s'y présentent ; avantages et incon-
vénients... Mais sans doute vaut-il mieux, dans ma vie de
tous les jours, ne pas trop recourir à ce second volet du troisième type de relativisation. M'en abstenir répond d'ailleurs
au *modus vivendi* adopté par la plupart de mes congénères.

(La vie *courante*, ou les mille et une façons d'éluder la
pensée de "l'inéluctable fin", *i.e.* d'éviter tout contact avec
l'Infini temporel : obligations, projets, intérêts, spéculations,
espoirs, craintes justifiées ou non, et toutes formes d'anticipation à plus ou moins long terme..., c'est autant d'échéances
intermédiaires dans la *course* individuelle et collective qui
nous mène à l'abîme, ; autant de relais d'étape nous permet-
tant d'écarter le plus longtemps possible de notre esprit la
perspective du grand Saut final dans l'indéfini ! La projection
constante d'échéances à court et moyen termes n'a d'autre but

que repousser provisoirement (illusoirement ?) l'ultime Échéance, l'*échec* patent dont on ne se relève pas. Échéance fatale dont tout être est *passible* en ce monde : le passage de vie à trépas. Mais passons…)

Le mode 4 dont parle Aristote - l'infinie division du Temps - est d'un emploi plus rare et plus critique que les trois précédents, car difficile à mettre en œuvre au niveau des neurones cérébraux dont dispose l'être humain moyen (moi par exemple). À deux mille ans d'intervalle, Aristote et Bergson ont tenté l'opération, de façon pas toujours convaincante me semble-t-il ; et il n'est pas certain que j'y parvienne mieux qu'eux… La substance non spatiale dont est fait le Temps rend sa division difficile ; elle ne saute pas aux yeux, se prête donc mal à la dichotomie. Les secondes qu'égrène l'horloge n'ont pas la réalité matérielle des grains de sable ou des grains du chapelet. Face à l'obstacle à première vue insurmontable que représente l'immatérialité du Temps, il me vient à l'idée – ingénieuse, sinon géniale – d'opérer une sorte de contournement mental : dans le droit fil des interrogations précédentes, grâce auxquelles j'ai pu *matérialiser* l'Infini de mode 1 (« que se passe-t-il dans l'infiniment lointain ? »), de mode 2 (« que se passe-t-il dans l'infiniment petit ? »), de mode 3 (« que s'est-il passé dans l'infiniment antérieur, que va-t-il se passer dans l'infiniment postérieur ? »), pourquoi ne pas questionner l'Infini de mode 4 dans des termes peu ou prou identiques : « Que se passe-t-il dans l'infiniment bref ? »

À ce stade critique, le spécialiste en physique particulaire vient opportunément à mon secours :

-Entrez, entrez, entrez dans les détails du temps subatomique ! m'invite-t-il… Plongez-vous en deçà du centième de seconde - votre limite inférieure d'aperception du temps -, enfoncez-vous résolument dans le millionième, voire milliardième de seconde... Il s'en passe des choses au milliardième de seconde, vous ne pouvez pas savoir ! C'est la *durée de vie* d'une particule élémentaire appelée *gluon*. Toute une vie de gluon, et sans doute un grand nombre d'autres formes de vie (et pourquoi pas des civilisations entières ?), prennent place dans des laps de temps qui, de notre point de vue étroit d'homme naturel, sont infiniment courts. Évidemment, ce qui se passe à cette échelle de temps ne saute pas à l'œil *nu* du commun des mortels. Pour l'*entrevoir*, *on* fait appel à de puissantes prothèses instrumentales. Et pour le *concevoir*, en l'absence de tels instruments, l'on doit s'astreindre à un gros effort de pensée...

(J'y suis personnellement disposé ; les élucubrations métaphysiques les plus acrobatiques n'effraient pas mes neurones cérébraux.)

-Considérons donc qu'une ère géologique dure en gros cent millions d'années, et une année de vie humaine (en arrondissant) dix mille heures, n'est-on pas en droit de dire que l'heure de vie humaine représente un dix mille milliardième d'ère ? Or chacun de *nous* en est témoin : il s'en passe des choses dans cette unité temporelle à la base de notre vécu humain quotidien... Partant de là, pourquoi ne pas admettre qu'il s'en passe tout autant en cet autre point de l'échelle temporelle qu'est le trois mille six cents milliardième d'heure, ou milliardième de seconde, temps de vie avéré des réalités gluoniques, y compris (pourquoi pas ?) le passage plus ou moins éphémère de civilisations intelligentes comparables à la nôtre ?! (Soit dit en passant : les efforts jusqu'ici infructueux de certains confrères cosmologues pour capter des signes d'intelligence extra-terrestre ailleurs dans l'univers - programme SETI par exemple - sont pratiquement voués à l'échec dès lors que ces recherches, largement ouvertes sur l'espace cosmique, restent, sur le plan temporel, cantonnées à l'étroite *fenêtre* du vécu humain. Excluant a priori toutes manifestations d'intelligence associée à d'autres vécus que le nôtre, c'est-à-dire ne relevant pas du vivant au sens biologique du mot, nous nous coupons de l'infini Possible que permet l'infinie divisibilité du temps et sommes alors naturellement enclins à nous croire seuls dans l'Univers. Une étroitesse de vue typiquement anthropocentriste…)

De fait, concevant sans grand peine - sinon sans réticence quant aux implications physiques et métaphysiques qui en découlent - l'existence d'un univers entier dans une coquille de noix, voire même dans un grain de sable, j'éprouve personnellement quelques difficultés psychiques à transposer ce schéma spatial dans la dimension temporelle, à savoir me représenter le déroulement d'une époque entière (romaine ou égyptienne par exemple) dans ce qui pour nous est une infime particule de temps. Et à ma connaissance, cette miniaturisation mentale n'est guère pratiquée par le cerveau humain moyen, pas même celui des cosmologues les plus ouverts sur le Possible, ni celui des auteurs de science-fiction à l'imagination pourtant débridée. Cette miniaturisation heurte-t-elle trop le sens commun ? Elle incommode en tous cas mes neurones cérébraux au point d'occasionner chez eux, quand je les y astreins, des blocages conceptuels difficiles à surmonter, requérant par exemple de mon imagination des efforts *hors du commun* et le recours à des *effets* de types tout à fait *spéciaux*, comme par exemple imaginer des êtres (pas forcément des êtres vivants au sens biologique du mot) dotés d'un tempo de vécu si rapide (par rapport au tempo humain) que le plus bref des instants différencié par l'Homme, le dixième de seconde, leur paraisse durer une éternité ! Pour ces êtres *extraordinaires* (mais pas forcément microscopiques), l'unité temporelle de base de l'existence humaine (à savoir le battement de cœur, soit en gros la seconde) se subdivise en une infinité de milliardièmes de seconde dûment vécus, dont l'humain que je suis n'a et ne peut avoir la plus petite idée, asservi qu'il est à un rythme ou *tempo* de vie considérablement plus lent... Il s'agit donc ici pour ma pensée de parvenir à concevoir un point de l'échelle infinie (?) des vécus possibles d'où des micro-évènements sont perceptibles qui naturellement échappent à notre perception humaine, et d'où, réciproquement, les plus brefs des évènements, actions et processus marquant nos vie - un coup de poing, une chute, nos déplacements incessants - excèdent si largement le temps total de vie (*embrassé* à l'échelle ci-dessus), qu'ils passent inaperçus des éventuels intéressés, ou ne sont perçus d'eux que de façon fragmentaire, méconnaissable ! Un tel phénomène est du reste observable, et observé à notre échelle de temps grâce à des artifices techniques. Mon vécu personnel, comme sans doute celui de tous les êtres de mon espèce, comporte un seuil de durée au-delà duquel, par exemple, la combustion du dirigeable *Hindenburg* (que la télévision nous fait revivre périodiquement depuis près d'un siècle en de fulgurantes images) est susceptible d'être ralentie cinématographiquement et s'étaler dans le temps au point de perdre tout caractère catastrophique et de se transformer en non-évènement, l'équivalent de ce qu'est pour nous, jour après jour et depuis des millions d'années, la combustion solaire, processus bien trop lent et stable pour être vécu comme cataclysme ou accident, sinon, de façon très abstraite, par certains spécialistes... Symétriquement, et tout naturellement, s'impose à mon esprit la nécessité d'un point (de vue) dans l'échelle des *tempos* d'où la lente combustion de l'astre solaire (lente de *mon* point de vue) ne dure que le temps d'un éclair, et frappe de stupeur les êtres qui, pour autant qu'ils existent, y assistent impuissants ; ce qui laisse supposer, bien sûr, qu'à tout point virtuel de l'échelle infinie des *tempi* (ou *tempos*) corresponde une manière de vécu, pourquoi pas…? Poursuivant dans cette voie de pensée hasardeuse, j'en arrive même à concevoir un tempo de vécu théorique (mais pourquoi pas réel en effet…?) en regard duquel les vingt milliards d'années séparant le *big bang* de notre univers de son inévitable pendant, le *big crunch*, sont *réalisés* en un clin d'œil, et où l'alternance rapide des deux évènements est vécue comme un simple clignotement ! L'Infini par définition le permet…

Conclusion : *réalité* toute *relative* de l'évènement. Tout évènement est en *relation* étroite avec un vécu, lui-même déterminé par les strictes limites du corps qui l'abrite, et plus encore, par celles de son tempo de vie… En finir une bonne fois avec l'anthropocentrisme temporel naïf, inhérent à notre conception courante du Monde : pas plus qu'il n'est au centre (spatial) du Cosmos, l'Homme n'occupe le mitan du Temps !

Élucubrations…

Mon entretien fictif avec le spécialiste en physique particulaire a fortement secoué ma pensée et l'incite à envisager des applications pratiques de l'infinie divisibilité du temps : imaginer des êtres dotés d'un vécu si fugace (de notre point de vue) qu'il les rend incapables de saisir dans leur totalité nos plus petits gestes et dont, réciproquement, la *geste* totale de vie échappe à nos coups d'œil les plus rapides et les plus acérés...? Idée tout à fait séduisante, qui expliquerait pas mal de choses jusqu'ici mal comprises par notre jugeote étroite d'*Homo sapiens*… Des êtres imperceptibles - mais pas nécessairement microscopiques, répétons-le - interviendraient dans nos affaires courantes, interfèreraient avec nos vies individuelles et collectives...? Temporellement *débordés* par nos faits et gestes, ils les perçoivent à leur manière, sans doute partielle, partiale ; ils en prennent peu ou prou conscience, se mêlent à l'occasion de les influencer dans un sens ou dans l'autre, positif ou négatif... Ces êtres furtifs correspondraient à ce que d'aucuns parmi nous s'imaginent percevoir sous le nom de *fantômes*, ou intuitionnent vaguement comme *anges gardiens*, *génies* bons ou mauvais, *esprits*, *démons*, etc... Leurs interventions se situeraient dans des intervalles de temps si infimes (à l'échelle humaine) que leurs actes aussi bien qu'eux-mêmes passeraient inaperçus de nous ; mais pas nécessairement leurs conséquences...? Au mille milliardième d'heure, un contact reste un contact, un impact un impact, un coup de pouce du Destin un coup de pouce... Aux jeux de balle ou de ballon, il suffit à ces intervenants de petites tapes discrètes pour faire pencher la balance en faveur d'un des camps si la victoire est indécise, notamment quand la balle hésite à tomber d'un côté ou de l'autre du filet. Ni vu ni connu... Mon collègue Briffaud, par exemple, a gagné récemment trois millions au Loto, un vrai coup de chance ! Manifestement, le fait d'être distingué par la Chance lui importait plus que le gain d'argent en soi, dont il avait pourtant grand besoin. Dans ce genre d'affaire, l'heureux gagnant se plaît à imaginer un ou plusieurs *bons génies* se penchant sur son sort personnel et s'introduisant subrepticement dans la sphère à boules du Loto, au moment du tirage hebdomadaire, pour en extraire l'un après l'autre les chiffres correspondant à ceux cochés "au petit bonheur la chance" sur son billet... Illustration plus dramatique de ces interventions au dix millième de seconde : quand - il y a des années de cela - je me mis en tête de conduire sans permis l'automobile de mon cousin Michel (en l'absence de celui-ci), que mon pied confondit la pédale de l'accélérateur avec celle du frein et que, fonçant droit dans un mur, je n'évitai le pire que d'extrême justesse, d'un coup de volant miraculeux !

-Je ne comprends pas ce qui s'est passé, mon pied droit se trompant de pédale, c'est incroyable ! Et ce tour de vo-lant complet *in extremis*, cela tient du prodige ! N'empêche que je vais prendre quelques leçons de conduite et passer mon permis…

Ce qui fut fait. Il a dû se passer ceci : dans un premier temps un *malin* génie, qui passait par là, aura fait glisser mon pied droit d'une pédale à l'autre pour s'amuser à mes dépens ou causer délibérément ma perte, tandis que mon ange gardien, également présent sur les lieux, se sera dans un second temps emparé du volant pour redresser la situation… (Ne pas perdre de vue que ce qui pour l'être humain dure quelques fractions de seconde à son insu, parfois « comme dans un rêve », se déroule pour de tels *anges gardiens* ou *démons* en un ralenti extrême, qui leur laisse tout le temps d'intervenir, et même celui de réfléchir : préméditer leur mauvais coup, ou planifier leur action salvatrice).

Pour s'en tenir à une réalité plus scientifique et proche de nous, n'est-il pas reconnu qu'un insecte comme la mouche jouit d'un vécu temporellement plus "pointu" que celui des mammifères en général ; un vécu dont l'URTM (unité de réalisation temporelle minimale) est dix fois plus courte que le nôtre, grâce à quoi l'insecte importun peut décomposer et ralentir suffisamment nos gestes les plus rapides (tentative d'écrasement, attrape manuelle) pour les prévenir et - à chaque coup ou presque - leur échapper…?

Concevoir à présent - symétrie oblige - des tempos de vécu

beaucoup plus paresseux que l'humain ; des vécus *en regard* desquels nos personnes et nos signes de vie sont trop fugaces pour être perçus... Je m'en fais une idée approximative en regardant des photos prises du centre-ville de Bordeaux au XIXe siècle. Rues et places y semblent vides de toute présence humaine ou animale, pour une raison bien simple, et du reste bien connue des amateurs : chaque plaque photographique nécessitant en ce temps-là une journée entière d'exposition pour être impressionnée, et aucun être vivant - homme, chien ou chat, ou même cheval - ne consentant à pareille pause, ces images n'en ont retenu aucune trace. Rien que des pierres et quelques arbres... Tout au plus pourrais-je imputer cette traînée fantomatique sur les marches du Grand Théâtre à un mendiant et à son chien, qui s'y sont prélassés tout le jour, se déplaçant, mètre par mètre, tous les quart d'heures, juste ce qu'il faut pour rester au soleil... D'où par analogie ceci : aux yeux d'observateurs extra-terrestres assujettis à un tempo de vécu considérablement plus lent que le nôtre, par exemple une seule *prise de vue* par jour au lieu d'une par seconde, les traces d'activités humaines sont perceptibles alors que nos présences d'acteurs ne le sont pas. Trop *vifs* nos signes de vie pour qu'ils les saisissent... Agglomérations urbaines, réseaux de communication, établissements industriels, agricoles, commerciaux, qui font notre fierté, semblent à ces *aliens* germer, bourgeonner, se développer de façon autonome au fil des décennies, sans cause extérieure... En l'absence d'un appareillage scientifique adéquat (ralentisseur de déroulement visuel - donc de vécu), les dits *aliens* ne peuvent déceler l'agent causal de ces concrétions terrestres spectaculaires, c'est-à-dire notre agitation/cogitation humaine sous-jacente.

*

Ce qui se passe…

Il (s')en passe des choses sur la plage océane au mille milliardième d'ère, vous ne pouvez pas savoir ! Une fois dissipée la torpeur post-prandiale d'un début d'après-midi, il y passe du monde dans un sens et dans l'autre, en nombre et à vitesse variables... Des gens de tous âges et sexes, et de différents types physiques, ainsi que des chiens de races et tailles diverses ambulent le long de l'eau, de gauche à droite et/ou de droite à gauche à la vitesse moyenne de 2,5 km/h… D'aucuns passent et repassent dans la partie centrale de mon champ de vision en un va-et-vient incessant, parfois marqué de pauses, sans se soucier visiblement du fait qu'ils me privent à chaque fois (tant soit peu, c'est déjà trop) du spectacle marin... D'autres personnes se déplacent perpendiculairement au rivage, ou en oblique, pour gagner l'eau et s'y baigner, en ressortent mouillées selon le même trajet un peu plus tard (non sans parfois m'éclabousser au passage !), puis s'installent à l'horizontale, face au soleil, décidés comme moi à bronzer *idiots* en toute innocence... En mer, au même instant, une planche à voile filant à plusieurs nœuds passe assez près du bord pour capter les regards, susciter des admirations. Un avion à très haute altitude, en route probablement pour l'Amérique, laisse derrière lui une quadruple traîne de condensation blanche ; plus lent, un bateau se profile au large...

La plus grande partie de ce qui (se) passe sous mes yeux au mille milliardième d'ère ne suscite guère d'accompagnement mental (ou commentaire) de ma part, sinon de façon machi-

nale : « Tiens, une fille aperçue ce matin dans le hall de l'hôtel »… À dix mètres de là, en maillot de bain une pièce, la
personne n'est ni moche ni belle, ni grande ni petite, ni
maigre ni grosse, pourrait donc se passer de tout commentaire. Au contraire, les particularités physiques nettement
marquées de certaines personnes ou animaux (chiens) *appellent* un commentaire caractérisé et quasi obligé de quiconque
les voit passer ; un commentaire dont sans doute *eux* comme
moi se passeraient bien : « Tiens, un bossu !... Tiens, un ven-
tru !... Tiens, une rouquine !... Tiens, un setter !... Tiens, une
mouette !... » etc. Difficile de (me) retenir (de) ce minimum
attentionnel, car par définition, il *accompagne* spontanément
tout ou partie de ce qui se passe. Utilement ? Dans la plupart
des cas, le *tenu* dont les intéressés (?) se voient ainsi gratifiés
ne renforce en rien leur réalité intrinsèque. C'est du superflu
pour eux, et de la part du commentateur, une dépense d'énergie psychique non justifiée, dont il pourrait (devrait même)
se dispenser ? Mais encore plus coûteux le commentaire
lorsqu'il entraîne dans son sillage un train entier de réflexions du genre de celles que ne manque pas de susciter
dans mon esprit *critique* la vue d'une personne obèse en
maillot de bain :

-Chaque année plus nombreux sur la plage... Le maillot (en
particulier le deux-pièces chez les femmes) devrait leur être
interdit. Cela les inciterait à discipliner leur alimentation. Car
il n'est pas vrai qu'on devient gros comme ça contre son gré,
accidentellement, du jour ou lendemain. Il n'y a pas de fatali-
té, donc pas d'excuse. L'obésité résulte d'une complaisance
de longue haleine, voire d'une démarche ostentatoire, qui fait
naturellement l'affaire des marchands de glaces crémeuses et
de beignets graisseux sur le Front de Mer ou dans la Rue de
la Plage...

M'interpelle plus encore, sur le plan moral, le fait d'apprendre (par les médias) qu'aux cinq cents millions d'obèses aujourd'hui recensés dans le monde correspondent cinq cents millions de "crèvent la faim" ! Lancé sur un tel sujet, je suis intarissable, même en solo, et me délecte non sans masochisme de mon indignation, quitte à en ressentir un peu de honte après coup. Je prends ces choses bien trop à cœur… En fait de complaisance et de laisser-aller, ma logorrhée intime vaut-elle mieux que leur boulimie alimentaire ? Couper court à tout commentaire !?

Il en passe du monde devant moi à l'échelle de temps biologique où s'inscrit mon vécu. D'aucuns cherchent à capter mon attention, voire à m'extorquer un commentaire au passage. Joggant au plus près de l'endroit où je suis allongé, ce type a failli m'écraser les orteils et n'a pas manqué de projeter du sable sur ma serviette, sinon avec préméditation, du moins avec un évident sans-gêne. « Sale con ! » est l'épithète qui se forme spontanément sur mes lèvres à son adresse, que le malotru devine, non sans plaisir, s'en allant aussitôt provoquer la même réaction verbale, récolter le même commentaire flatteur en plusieurs exemplaires, un peu plus loin auprès d'un groupe tranquillement assoupi. D'autres personnes, mais elles sont rares, préfèrent passer inaperçues. Cette femme par exemple, d'un certain âge, déambulant tête penchée en avant, son visage rougeoyant, flamboyant, d'un excès d'exposition prématurée au soleil, les yeux dissimulés par de grosses lunettes noires… Elle sait (elle sent ?) que je la regarde d'un œil à la fois compatissant et critique : « Ces anciennes beautés qui, l'été venu, veulent embellir le plus vite possible grâce au bronzage, ainsi qu'elles faisaient autrefois, et tournent chaque fois à l'écrevisse ébouillantée ! »

L'air pincé de cette femme au moment de passer devant moi est très explicite : « Je me passe de vos commentaires, jeune homme… » Mais justement, il n'est au pouvoir de personne d'empêcher quiconque de se livrer en son for intérieur à quelque commentaire, approprié ou non, superflu ou pertinent, à propos de tout et de rien. L'activité verbalo-mentale reste le privilège de chaque être en contact sensoriel avec la réalité fluctuante du monde extérieur. L'accompagnement verbal du *ce-qui-se-passe* est aussi naturel que le sillage d'une embarcation dans l'eau, d'un avion dans le ciel, d'un sanglier dans un champ de maïs…

Mais à présent ce couple de jeunes gens : marchant jusqu'ici enlacés, ils ne trouvent rien de mieux que s'arrêter *pile* devant moi ! se font face, se serrent l'un contre l'autre pour s'embrasser longuement "à-bouche-que-veux-tu", sans se soucier le moins du monde du fait qu'ils me bouchent la vue et me privent du spectacle marin. « Les amoureux sont seuls au monde » dit-on... « En réalité (commentaire obligé de ma part ?) nombre de ces jeunes gens, incertains de leur passion mutuelle, se donnent en spectacle avec pour unique objectif de se voir confirmer leur statut d'amoureux dans votre regard. Il en est d'autres chez qui cette attitude ne vise qu'à se prouver que vous n'existez pas, que personne n'existe en dehors d'eux, qu'ils sont réellement "seuls au monde" : solipsisme à deux... » Or ces deux-là, visiblement, ne s'embrassent pas pour la galerie, mais pour le plaisir. Ils cèdent à une pulsion mutuelle, plus forte que toute convenance sociale. En témoigne l'érection qui distend à présent le slip du garçon... Protubérance flagrante, incontrôlable, qu'un restant de pudeur quand même lui commande de dissimuler en se serrant le plus qu'il peut contre sa partenaire... « D'ici une décennie ou deux (commentaire additionnel), aucun problème, le garçon descendra son slip sur ses talons et pénètrera sa compagne debout sur place, aux vues de tous, sans que cela suscite de commentaire particulier alentour, sinon tout à fait machinal, un simple accompagnement mental intéressé, ou amusé : «Tiens, un couple qui s'enfile !» comme lorsqu'on regarde faire les chiens. Pour l'heure, la pression non feinte de leur mutuel désir, jusqu'ici contenue, sinon par pudeur, par un reste de respect des règles et règlements de plage toujours en vigueur à Issy-sur-Mer, les pousse à gagner au plus vite l'élément liquide, avec pour objectif de refroidir cette intempestive ardeur et la réserver pour plus tard, ou alors pour la satisfaire en mer *subito* et *incognito*...? Je ne peux m'empêcher de les suivre du regard, voyeur malgré moi. Ils se font bientôt face dans l'eau jusqu'au cou. Impossible à cette distance de savoir s'ils nagent ou évoluent en gardant pied, de distinguer dans les mouvements conjoints et réguliers de leurs deux têtes ce qui revient aux vagues ou à leurs corps immergés. Font-ils *cela* debout en ayant pied, ou en nageant verticalement, à la façon des hipppocampes...? Mais comment *font* les hippocampes ? Par devant, par derrière...? La traîne de réflexions laissée dans ma matière grise par ce qui vient de (se) passer n'est pas sans évoquer la traînée de condensation que produisent au-dessus de ma tête les quatre réacteurs d'un long courrier transtatlantique...

À leur sortie de l'eau les *amoureux* réajustent leurs slips, confirmant ainsi mes soupçons. La fille est pas mal du tout. Au fond, j'aurais aimé être à la place du gars... Ultime commentaire :

-Il s'en passe tout de même de *drôles* au bord de la mer, au mille (ou dix mille ?) milliardième d'ère !

*

Tempos (suite)...

Il s'en passe des choses aux diverses échelles de temps qui me sont directement ou indirectement accessibles. À tout "morceau", à tout "mouvement" de la réalité terrestre correspond un tempo qui lui est propre, le bon tempo. Différences par exemple entre ces trois réalités de base que sont ici la mer, la dune, le rocher... Chacune est en mouvement conformément à son tempo d'exécution...

La "partition" marine : mouvement de vagues toujours recommencé... Son tempo est le plus *allègre* ; sa valeur de base est grosso modo la seconde, donc à peu près du même ordre de "battue" que le rythme cardiaque animal, en particulier celui des mammifères dits "supérieurs" comme moi. D'où sans doute notre connivence estivale spontanée avec elle...? Mer et marée humaine *se jouent* dans le même tempo, *houle* et *foule* en témoignent par ailleurs. À chaque seconde (unité régissant peu ou prou la succession de mes clins d'yeux), la mer *me* paraît en mouvement...

Il en va autrement de la réalité dunaire. Son tempo propre (*moderato vivo*) repose sur une durée de base qui n'est plus la seconde mais l'année ! Autrement dit, la dune ne fait vraiment mouvement à *mes* yeux que d'une année sur l'autre, parfois même à des intervalles de temps beaucoup plus longs, rarement plus courts. Pour saisir son mouvement de façon effective, il me faudrait disposer d'une embrasse visuelle beaucoup plus étalée dans le temps que celle couramment mise en œuvre par mon cortex pour contempler la mer, ou de façon plus générale, observer les mouvements animaux et humains...

Mais bien plus large encore le tempo (*largo*) adéquat pour actualiser le mouvement dont est *animé* le minéral en général, par exemple les rochers, ou, dans une moindre mesure, les blockhaus résiduels de la deuxième guerre mondiale ("Mur de l'Atlantique")... Sauf intervention humaine, ou assaut de la mer particulièrement violent, le béton ne s'effrite qu'à l'échelle décennale, tandis que le roc granitique ne s'use (érosion pluvio-éolienne) qu'à l'échelle du millénaire et ne bouge *réellement* que d'une ère à l'autre. Le mouvement minéral global ressortit aux mal nommés *mouvements de terrain* dont se trouvent issus toutes les chaînes et massifs montagneux de la planète Terre. Leur mise en mouvement effective suppose une perception visuelle dont l'embrasse temporelle est d'ordre géologique, donc très éloignée de la nôtre...

Aux trois réalités qui se présentent à moi *en ce moment* correspondent ainsi trois *mouvements*, dont seul le premier (celui de la mer) est perçu (vécu) comme tel par mes facultés d'être humain... Et tout bien réfléchi, ces trois *morceaux* de base entrant dans la *composition* du littoral n'ont pas plus de mouvement en soi que de qualités sensibles (couleur, odeur, saveur, substance, etc...). Les tempos que les sens humains (ou plus largement animaux) leur affectent peuvent être infiniment ralentis ou accélérés, et leurs réalités *dénaturées* en proportion. Les réalités marine, sablonneuse, granitique, qui s'imposent couramment (et si aisément) au commun des mortels comme réalités terrestres objectives, c'est-à-dire absolues, résultent *en réalité* d'une interaction toute *relative* (*i.e. relationnelle*) entre un certain noyau de réalité ("noumène") et un certain vécu propre aux humains ("phénomène")... Pour autant qu'il me reste quelques miettes d'une année de philo laborieuse passée en Sorbonne, Kant n'a rien dit d'autre dans son "Esthétique transcendantale". Mais personne n'en tient réellement compte dans la vie de tous les jours et de chaque instant ; pas même Kant si j'en crois sa biographie : son *emploi du temps* était réglé comme une horloge (difficile de faire autrement quand on enseigne)...

-Attention, la grosse vague !

J'entrevois la menace dans mon dos et m'en éloigne de quelques pas. Je *réalise* alors l'erreur d'évaluation de la jeune femme qui a cru bon de m'alerter et l'inutilité de mon recul précipité : la vague annoncée n'a pas progressé d'un pouce, ni déferlé d'une goutte ; elle est restée figée au sommet de sa course à une vingtaine de mètres de nous... Tout bien considéré, ce n'était pas une vague, mais une paroi rocheuse haute de quatre-cinq mètres, large de plusieurs dizaines, concave en son milieu. Sa crête herbue en léger surplomb par rapport à sa base évoque en effet vaguement la toison d'écume d'une vague sur le point de s'affaisser. Une vague donc, si l'on veut, mais de nature minérale, un *mouvement* de terrain pétrifié depuis sans doute plusieurs dizaines de millénaires et qui va sans doute le rester pendant des dizaines d'autres... *Sur le moment*, bien sûr, on pouvait s'y tromper. *Moment*, *mouvement* sont interdépendants. Le caractère mouvant ou immobile d'un phénomène dépend de la *longueur* du moment consacré à son observation. Entrevu au centième de seconde par exemple, - moment de l'extrême urgence humaine -, un mur, qu'il soit d'eau, de terre, de pierre ou de verre, nous apparaît inerte, donc a priori et à première vue (comme *au regard* de l'objectif photographique) avoir une consistance solide. Or, en un tel *moment*, sa nature est intrinsèquement incertaine. C'est la durée subséquente - succession de moments - qui permettra de le caractériser quant à sa véritable *dureté* et *durabilité*...

Convaincus de sa solidité actuelle, nous nous enhardissons à nous approcher du pseudo mur d'eau. « Depuis le temps qu'il n'a pas bougé... » Des brins d'herbe se sont implantés sur sa crête, ainsi que dans certaines anfractuosités de sa paroi... Je préfère quant à moi rester à bonne distance (4-5 m) de ce qui l'instant d'avant nous est apparu comme une vague sur le point de déferler et qui s'est matérialisé en une barre rocheuse. Qu'il s'agisse d'eau, de terre ou d'une matière quelconque, à l'exception d'un couvert végétal quand la foudre ne menace pas, je déteste en général me sentir surplombé, tandis que la jeune femme, moins méfiante, s'approche de la paroi supposée solide, sans doute pour y trouver de l'ombre ou quelque autre protection météorologique... « Une vague d'un autre âge - est mon commentaire - un mur d'eau pétrifié en pleine course, juste au moment de déferler ! »

En termes chrono-techniques, on peut en effet qualifier cela de changement de tempo : une vague ralentie à l'extrême et de façon brutale du fait (hypothèse farfelue ?) que la jeune femme et moi, passant par là, avons, sans le savoir, commuté d'un plan de réalité habituellement régi par le dixième de seconde, voire le centième - à un plan dont l'unité de réalisation temporelle minimale (URTM) s'avère dix mille ou cent mille fois supérieure !?

Mais j'observe à présent un léger délitement de la crête en question, d'abord localisé et sporadique, droit devant nous. Rien de très inquiétant *pour le moment*. Mais *au bout d'un moment*, le phénomène de désagrégation lithique tend à gagner à droite, à gauche, la crête entière. Et c'est bientôt la paroi même qui semble avoir perdu de son aplomb et devoir s'écrouler à tout moment, tête la première sur celle de la jeune femme qui se croit à l'abri sous ce surplomb saillant :

-Attention, le gros bloc au-dessus de vous !

Elle s'extrait *in extremis* de dessous la crête vacillante, revient jusqu'à moi. Il s'en est donc fallu d'un *rien*, une fraction de seconde (le fameux 1/100ᵉ !)... L'un à côté de l'autre, nous regardons la présumée muraille s'effondrer massivement sur toute sa longueur. Un vrai déferlement ! Des morceaux de différentes tailles et formes rebondissent plusieurs fois sur le sol, s'entrechoquent, s'effritent les uns contre les autres, se réduisent mutuellement en poudre, pour ne plus former bientôt qu'un bourrelet de matière homogène, qui, soumis à quelque forme d'érosion accélérée, se disperse ensuite de façon égale et étale sur toute la surface du sol. C'en est bel et bien fini, semble-t-il, de la vague minérale des séquences précédentes. Mais déjà, juste derrière, s'enfle une nouvelle vague... Et elle se pétrifie séance tenante.

-On s'en va, dit la jeune femme.

Mais c'est moi maintenant qui désire m'attarder. À bonne distance toutefois, et juste quelques instants, afin de jouir du surprenant spectacle, mais aussi et surtout, pour alerter les éventuelles personnes qui, venant à longer de trop près cette paroi *sur le moment* solide, ignoreraient, comme nous précédemment, qu'à tout moment elle peut cesser de l'être...

-Ne vous y fiez-vous : elle n'est que *relativement* figée. Son immobilité, sa solidité, sa minéralité sont trompeuses. En ce pli *singulier* d'espace-temps où vous êtes comme nous impliqués, un changement de tempo brutal peut survenir à tout instant, et dénaturer toute réalité dans un sens (durcissement) ou dans l'autre (liquéfaction, évanescence)...

Il s'en passe décidément de drôles en rêve !

*

Pour de bon...

Un choc d'une rare violence et pourtant indolore ! Une montagne d'eau tombant sur moi par derrière ! Dos tourné à la vague, je n'ai rien vu venir. Tourneboulé sur place à toute vitesse et en tous sens plusieurs fois de suite, comme à colin-maillard, ou dans un tambour de machine à laver, puis rétro-pulsé vers le large par l'action centrifuge du rouleau marin, je me retrouve en suspension très incertaine entre deux eaux, ne sachant plus très bien où se situent le haut, le bas, le nord, le sud, la droite, la gauche...? La vue bouchée de tous côtés par l'élément aqueux, vitreux, peu transparent, bouche close, narines pincées, bulle d'air et lueur d'être encore intacte mais précaire au sein de la masse océane, je prends très vite cons-cience de ce que la pression exercée par le liquide ambiant sur mon scaphandre corporel peut à tout moment le faire imploser, provoquant du même coup l'asphyxie presque im-médiate de mes poumons, ainsi que l'extinction définitive de la braise de vécu encore incandescente que constitue mon être au cœur de l'invécu océanique ! L'eau est antagoniste aussi bien de l'air que du feu...

Toutes écoutilles fermées, je découvre les affres du sous-marinier en plongée. Les battements de mon cœur sont plus lents, mais aussi plus marqués, plus insistants qu'en temps normal ; ils ponctuent le passage du temps de façon tout à coup dramatique, me font entendre qu'ils sont comptés, qu'il est grand temps pour moi de réagir… Plus une seconde à perdre ! Urgence de la situation ! Plus question de vagabondage mental, onirique, égologique, ontologique ou autre... Plus question d'être ou de non-être, mais de vie ou de mort ! Prendre enfin les choses au sérieux, la réalité à bras le corps !

Je me débats, agite pieds et mains en tous sens, dépense sans compter une énergie instantanée considérable, quoique désordonnée…, et parviens à reprendre pied avant que ne déferle sur moi la vague suivante ! J'émerge enfin non loin du bord, respire un grand coup, me dépêtre d'un bouillonnant tapis d'écume à perte de vue... Je vois le ciel en haut, la dune en face, quelques silhouettes humaines à gauche, à droite, un phare au loin : choses et êtres ont repris place autour de moi le plus naturellement du monde. Peut-être même n'ont-ils pas bougé entre-temps ?

Et c'est soudain comme s'il ne s'était rien passé ! Frôler ainsi la mort me conforte une fois de plus dans l'idée que rien ne peut m'arriver de fatal ici-bas, qu'une sorte d'entité mystérieuse mais efficace veille sur mon sort, que mon être est probablement éternel... et joue dans le vécu du monde un rôle en fin de compte indispensable à celui-ci. Irremplaçable ? Une telle idée n'est pas pour me déplaire ; elle renforce l'opinion plutôt flatteuse que j'ai de ma personne…

Tout essoufflé mais parfaitement indemne, et plutôt satisfait d'en être sorti à si bon compte, j'entends jouir à présent d'un repos mérité. Après l'effort panique, le bien-être corporel, spirituel et moral ? Un contentement physique qui, tandis que je regagne ma place, suscite quelques d'échos dans l'espace proche… Fantasme ou réalité ce picotement agréable qui parcourt mon corps, en réaction à ces regards que je sens à nouveau converger vers moi et s'attarder sur ma personne…? Être sensible à un regard posé sur soi sans en identifier la cause est un phénomène reconnu, à défaut d'être expliqué. Relève-t-il de la simple autosuggestion, d'un don de voyance mystérieux, ou bien, effectivement, cette réaction épidermique résulte-t-elle de particules attentionnelles (hostiles ou bienveillantes, dépréciatives ou admiratives) émises par des sujets émetteurs à l'adresse de personnes particulièrement réceptives ? Les particules qui en cet instant bombardent mon corps sont nettement positives.

J'en localise bientôt la source. Ces sortes d'effluves émanent d'un amas plutôt flou et informe de chairs nues, d'étoffe et de plastique bariolé en bordure de mon champ de vision, sur ma gauche. Image brouillée, plus devinée que vue, sur laquelle je me garde de faire oculairement le point… Un brouillard visuel cependant troué par trois paires d'yeux brillants qui, par leur insistance conjuguée, finissent par m'obliger à braquer l'axe de mon regard directement sur eux ; un rendu pour un prêté ? L'identification en retour est *la moindre des politesses…*

Trois visages levés vers moi m'examinent des pieds à la tête et semblent y trouver plaisir ! Et voilà qu'à nouveau la curiosité l'emporte sur ma volonté de détachement. J'exclus d'entrée deux des visages de mon observation, car sans beauté et dénués de fraîcheur, et concentre mon regard sur le troisième, celui du milieu : un parfait triangle juvénile, pointe en bas, percé de deux saphirs étincelants, coiffé d'une toison d'or pâle ! l'idée même que je me fais depuis toujours d'une jeune beauté en version blonde (nordique) ; si conforme aux archétypes que nous proposent couramment les médias dans les deux dimensions des écrans de télévision et pages des magazines que j'ai peine à en croire mes yeux quand, d'aventure, il s'en présente un exemplaire en chair et os dans les quatre dimensions de ma vie de tous les jours, en particulier dans un lieu aussi peu propice à ce genre d'apparition qu'une station balnéaire à caractère résolument familial, voire populaire, comme Issy-sur-Mer...

(Commentaire : hors écrans ou papier photo, l'incarnation individuelle de la beauté physique - statistiquement rare - constitue en elle-même une sorte d'évènement ; source d'inégalité terrible entre les êtres, elle résulte d'une heureuse conjoncture, ou conjonction, de facteurs favorables aussi bien sur le plan de l'inné (potentiel génétique) que celui de l'acquis (conditions propices à l'épanouissement physique de ce potentiel, ainsi qu'à sa bonne conservation), car à partir d'un certain âge, une certaine médiocrité *physique* s'empare d'à peu près tout le monde, brun ou blond, fille ou garçon, bronzé ou pas...)

-Trop beau pour être vrai ! une hallucination visuelle ?

L'apparition capte, captive et capture mon attention de façon durable. Un second regard plus analytique me confirme le caractère archétypique de ce qui s'offre à ma vue. Yeux, sourcils, nez, bouche, pommettes, menton, tous ces traits sont ici en place, *conjugués* au millimètre près, comme dans un logo réussi, ou un idéogramme chinois calligraphié de main de mandarin ! Une beauté d'origine nordique - allemande, suédoise, hollandaise ?

(Commentaire : est-elle innée ou acquise la (re)connaissance fulgurante des visages, ce déchiffrement synthétique instantané de multiples traits ? Idée *platonicienne* à réactiver : il existerait chez l'être humain une capacité de lecture globale des visages, analogue à celle utilisée par les chinois pour leurs idéogrammes. Mais alors que ceux-ci s'apprennent peu à peu, laborieusement, ceux-là seraient identifiés au premier coup d'œil, car inscrits depuis toujours dans le cortex de chacun de nous. L'identification d'autrui - visage, mais aussi silhouette, attitude... - et l'évaluation qui l'accompagne - beauté, laideur, mais aussi attirance, répulsion, sympathie, antipathie, etc. – opèreraient de façon automatique en s'appuyant pour l'essentiel, non sur des données acquises par apprentissage, mais sur un stock de figures plus ou moins schématiques préexistant en chaque individu dès sa naissance... Hypothèse des réminiscences platoniciennes? Préjugé favorable ou défavorable, ou encore simple indifférence vis-à-vis d'un visage, ou plus largement d'une personne physique, résulteraient, non pas d'une analyse détaillée de ma part, ni d'un décryptage signe à signe, mais d'une comparaison globale instantanée entre ce qui (pré)*figure* dans mon cortex et ce qui se présente à moi en chair et os ici-maintenant ? Un tel système serait faillible, car fondé sur des circuits complexes à commande génétique. Des attirances ou répulsions, des sympathies ou antipathies initiales pourraient être corrigées, voire infirmées, inversées par un examen ultérieur plus approfondi ou plus détaillé des êtres qui en sont l'objet, certains gagnant, d'autres perdant à être connus... Mais dans la plupart des cas, ça fonctionnerait : la préconnaissance se verrait confirmée, la *première impression* se révèlerait la bonne, le premier coup d'œil ne tromperait pas...? Comme beaucoup de mes semblables à l'instinct émoussé, je ne prends pas toujours en compte ces informations de première main et m'en mords après coup les doigts...)

Mais trêve de considérations oiseuses, mon corps ayant repris sa position horizontale - position dominante sur la plage -, je perds instantanément de vue tout ce qui se tient comme moi au ras du sable en deçà de l'immensité marine...

Fermant enfin les yeux, je garde toutefois une trace de l'attractive blondeur au creux de ma rétine, ainsi qu'à la surface de mon cortex, une attraction qui, malgré moi, induit un torticolis attentionnel de tout mon être dans cette direction. La superbe indifférence n'existe pas ; autant en prendre mon parti… Mieux vaut en effet assumer en toute conscience ma sensibilité résiduelle aux effluves positives - mais parfois négatives - émises par le milieu humain à mon endroit (à mon encontre) plutôt que m'y complaire en toute ignorance... et hypocrisie.

Les regards favorables qu'attire - ou croit attirer - ma personne en cet instant ont d'ailleurs pour indéniable effet de la rendre plus légère… Jamais je n'ai senti la pesanteur aussi peu active à l'encontre de ma masse corporelle (68 kg), ni trouvé le sable aussi moelleux sous moi. Cela étant, je comprends mieux l'espèce d'aspiration frénétique à être vu qu'affichent en certaines occasions bon nombre de mes contemporains, les efforts démesurés qu'ils font quand, d'aventure, s'offre à eux la moindre chance de se trouver, directement ou indirectement (via les médias), au centre d'un nombre maximum de regards convergents, point de mire de multiples admirations ! L'*on* en retire un surcroît d'être, donc de légèreté corporelle ? *Être* au dedans de soi ne suffit pas, il faut paraître, être *en vue*... Déficient en matière d'être, l'*on* essaie par tous les moyens, même peu avouables, d'attirer et concentrer sur soi le rayonnement émis à l'extérieur par un nombre maximum d'autres êtres. Preuve que cette émission est quelque chose de bien réel... Ma relation personnelle *au* monde se concrétise ainsi de deux façons pratiquement opposées : l'attraction multiforme et permanente que le monde exerce sur mon corps et mon esprit ; l'attraction occasionnelle que ceux-ci exercent sur tout ou partie du monde. L'attraction peut donc être mutuelle ? S'y ajoute un troisième état, plus rare, l'état d'indifférence, réciproque ou à sens unique ?

Un quart d'heure plus tard, croyant m'être ressaisi, je consens à rouvrir les yeux sur la réalité ambiante et constate la disparition du trio supposé germanique, serviettes et parasol compris ! Le sentiment de manque que suscite en moi ce vide inattendu dénote une grande faiblesse égologique...

*

« Tiens, un *airdale* ! » On n'en voit guère sur la côte Aqui-
taine, où c'est le chien de chasse qui prédomine, toutes races
confondues, avec, bien sûr, le dernier des chiens à la mode,
le Labrador. Les autres races canines signalent a priori des
touristes étrangers : ce chien *saucisse*, par exemple, des re-
traités allemands ; cet *airdale* des britanniques...

(Commentaire : Le *tiens* implicite ou explicite est propre
au *maintenant* de l'identification courante ; il fait écho au
behold anglais = regarder. Regarder, c'est vouloir garder sur
sa rétine et son cortex ce qui passe et se passe dans les parages, par essence fugitif. Le commentaire automatique qui
accompagne bon nombre de mes identifications visuelles est
donc moins anodin, superficiel et superflu qu'on pourrait le
penser à première ouïe ? Ou *superflu* dans un sens différent
de celui que prête le sens courant à cette épithète ambiguë ;
un sens premier beaucoup plus littéral, ignoré du sens commun, mais que le Langage, éloquent par nature, entend me
faire entendre : *super flux* ?)
(Commentaire de commentaire : le Langage parle d'or. En
jouant ainsi avec les mots, il met à jour des vérités premières, inaltérables comme l'or. Mais on ne l'écoute pas.
L'on n'entend la plupart du temps du Langage originel que
ce que le Milieu socio-éducatif veut bien lui laisser dire, les
médias intervenant sans cesse pour substituer au sens premier de certains mots, métaphysiquement révélateurs, sou-

vent dévastateurs, un sens communément plus acceptable, l'*acception* courante... Le *flux* du commentaire accompagne de façon permanente le *cours* des choses, des êtres, des évènements petits et grands... Dans le flux de ce qui se passe, l'accompagnement du commentaire public - reportages, bavardages, radotage, conversations banales... - et/ou privé - monologue ou dialogue intérieurs - n'est donc jamais futile, ni inutile, mais, indépendamment de son contenu - parfaitement indispensable. Non seulement il accompagne ce qui (se) passe, mais, ontologiquement, se situe *au-dessus*...)

-Superflu = *super* flux ?

Difficile bientôt de l'entendre autrement : non plus *flu* mais *flux* ! Une infime commutation dans mon *entendement*, et le superflu s'est mué en son exact contraire : l'essentiel. Primauté du Logos :

-Au commencement le Verbe...

Une idée à creuser ? Joignant le geste à la pensée, j'enfonce ma main dans le sable, en excave une pleine poignée, que je laisse ensuite filer entre mes doigts, grain à grain, tandis que se déroule dans mon cerveau le fil d'une réflexion décousue certes, mais non dénuée d'intérêt ; moins oiseuse en tout cas que la plupart de celles qui me viennent à l'esprit ordinairement :

-Sans le super-flux du commentaire, rien de ce qui se passe ne serait à proprement parler vécu, ni même réel. Il n'est réalité pleinement réelle que vécue, et pleinement vécue que dûment commentée, c'est-à-dire accompagnée d'une activité mentale en bonne et due forme, verbale ou infra-verbale, humaine ou animale, ou de quelque nature dont on n'a pas forcément idée, mais probablement pas minérale, ni végétale... Le commentaire (réflexion) constitue le stade achevé (et le plus élevé) de la perception-réalisation kantienne.

Ceci, cela nous interpellent... Toutes choses *appellent* un commentaire, à tout le moins un nom, une épithète, un attribut..., mais toutes ne peuvent en recevoir, elles sont bien trop nombreuses... Tous les appels ne peuvent être entendus, ni même enregistrés, ni a fortiori *répondus*. À tout instant, un tas de choses et d'évènements passent peu ou prou inaperçus (*invécus*) des êtres doués de vécu, aussi bien animaux qu'humains, aussi bien dans le Monde le plus proche que dans l'Univers le plus lointain... L'Infini qui prévaut dans le Monde - selon les quatre modes documentés plus haut - empêche qu'il en soit autrement…

Le train de réflexions ci-dessus a requis toute mon attention. Cette mobilisation interne s'est faite au détriment de ce qui (se) passait d'*actuel* au même moment dans les parages : un groupe d'adultes en tenues plus champêtres que balnéaires, avec ombrelles et chapeaux de paille, s'éloigne à pied le long de l'eau, un âne au milieu d'eux, et sur cet âne un jeune enfant enrubanné. Une image d'un autre âge et d'un autre endroit, un feuillet de réalité probablement arraché d'un ouvrage d'autrefois ("MÉMOIRES D'UN ÂNE"?), qu'un coup de vent malicieux est venu plaquer sur la réalité présente... Je suis du regard le groupe insolite jusqu'à sa disparition complète, côté cour ; mais l'intensité de mon observation après coup ne peut rattraper tout à fait ce que ma distraction d'un moment a laissé filer sous mon nez, et qui, d'après le frémissement d'intérêt que cela suscite tout au long de la plage, constitue un spectacle rare, une manière d'évènement... Mais sans doute vont-*ils* repasser sous mes yeux dans peu de temps pour regagner le point du littoral d'où ils sont très probablement partis, la plage centrale ? Il faudra y prêter attention. J'adore les ânes.

(Ultime secousse du train de réflexions qui me passe par la tête : ...d'un strict (donc limité) point de vue humain, l'on doit admettre que la Réalité n'est commentée, ou même pensée, *réalisée* que de façon partielle, qu'elle est donc beaucoup plus invécue que vécue. De là à affirmer qu'elle l'est aussi (invécue) à l'échelle planétaire, voire cosmique...? Officiellement, des milliards d'êtres, générateurs potentiels de vécu, sont à l'œuvre depuis trois, quatre millions d'années aux quatre coins de notre Monde pour le dégager de la gangue d'invécu qui l'étreint de toutes parts dans la nuit des temps, et le *réaliser* dès lors jour après jour... Admirer en passant l'astucieux mécanisme céleste grâce auquel jour et nuit alternent sur toute la surface du globe, obligeant une moitié de l'Humanité à veiller tandis que l'autre dort...)

*

Détente → décontraction…

C'est au moment de la détente que l'on prend réellement conscience d'une contraction antérieure indue. La détente des vacances est pour moi l'occasion unique de (re)-découvrir ce trait fondamental de ma présence *au* monde, facilement observable, mais négligé le plus souvent quant à ses conséquences pratiques, à savoir que : relâcher tant soit peu mon attention visuelle suffit pour que le monde perde automatiquement de sa netteté (contrastes, contours, arêtes), s'irréalise un peu... Pouvoir magique dont mes rêves se font volontiers l'écho ; pouvoir dont je dispose en permanence, mais dont - par négligence sans doute plus que par souci du Monde ou modestie à son égard - je m'abstiens en général de tirer parti. Et le Monde profite de mon incurie pour s'affirmer ou se réaffirmer (s'affermir) à mes dépens, c'est bien *naturel* de sa part ; mets-toi à sa place !

Passif, actif….

Ma perception visuelle du Monde est éminemment active, *contractuelle* ; autrement dit, je peux à tout moment m'en abstenir, me *décontracter* ? D'autres perceptions, on l'a vu (?), sont franchement passives : l'auditive et l'olfactive… Je me laisse envahir par le son et l'odeur de la mer sans chercher à…, ni pouvoir faire grand-chose pour m'y opposer, sinon obturer mes oreilles, mon nez, opérations qui, à l'état de veille, nécessitent un réel effort de ma part et vont donc à l'encontre du but recherché. La décontraction intervient d'elle-même, périodiquement, non de façon délibérée, mais par nécessité vitale, quand, sur la plage après le bain, je m'abandonne à quelque somnolence, éventuellement agrémenté d'un rêve :

J'ai dans les huit-neuf ans, je suis en compagnie d'une superbe maître-nageuse ; yeux bleus, cheveux frisottés noirs, taches de rousseur à travers le bronzage, duvet épidermique blondi par l'eau de mer... Je ne sais pas exactement quel est son âge, mais l'estime de dix ans au moins supérieur au mien ! Je m'attends donc à ce qu'elle me *plante* là (ou me congédie gentiment) au profit d'un de ces grands garçons bronzés et athlétiques dont la plage regorge, voire un adulte de son âge, ou plus âgé...? Il n'en est rien. Nous restons ensemble, la sportive jeune-femme et moi, bavardant d'abondance comme deux *vieux* amis. Elle porte un short et un corsage léger, sous lequel je peux voir ses seins nus, soit par transparence quand l'éclairage s'y prête, soit par le haut quand elle se penche vers moi. Je m'efforce de ne pas trop fixer ces merveilles, de les effleurer simplement du regard, ne voulant pas passer à ses yeux pour un "petit vicieux"... N'empêche qu'elle me surprend plusieurs fois en flagrant délit d'intense contemplation, mais sans paraître s'en offusquer, sans que cela perturbe le moins du monde le cours de notre amicale et quasi professionnelle conversation :
-La mer est dangereuse par ici ? me demande la maître-nageuse.
-Pas la mer, la baignade, dis-je avec à-propos.
Nouvellement affectée à Issy-sur-mer, *elle* ne connaît pas la région. Pour ma part, j'y viens en vacances chaque été depuis l'âge de quatre ans...
-La mer peut être très dangereuse ici - poursuis-je -mais

aujourd'hui elle ne l'est pas. Par ce beau temps et ces grandes chaleurs, le vrai danger ce n'est pas la noyade proprement dite mais l'hydrocution. Vous connaissez comme moi ces vacanciers physiquement diminués par onze mois de travail posté, qui, inconscients et/ou présomptueux, se jettent à l'eau à peine descendus de voiture, ou du train... Les statistiques à cet égard sont éloquentes : la plupart des noyades estivales se produisent au début du mois d'août, sont donc imputables à une entrée trop brutale dans l'eau plus qu'au déchaînement de la mer. Regardez-les, ils sont reconnaissables, les *aoûtiens*, ils sont tous blancs !

-Ce que nous allons faire - me propose-t-elle - c'est parcourir la plage ensemble, *toi* et *moi*, afin de mettre en garde les nouveaux arrivants contre les dangers d'une entrée précipitée dans l'eau, notamment les plus pâles et les plus physiquement fragiles d'entre eux. Pour les déjà bronzés et les musclés comme toi, ce n'est pas nécessaire.

Musclé, moi...? Je cherche à lui être indispensable. Nous devenons inséparables. Au bout d'un bon moment de coopération, nous décidons de prendre quelque repos, assis côte à côte sur un tronc d'arbre échoué. Son visage est à présent si près du mien que j'ose enfin ce geste qui me démange depuis les tout premiers instants du présent rêve, déposer un bisou filial ou fraternel sur sa joue ! Aucun sursaut ni recul de sa part, mais au contraire un pivotement de sa tête presque immédiat dans le bon sens, à savoir un quart de tour de son visage vers le mien, avec pour inévitable effet d'amener ses lèvres sur les miennes...!! Je découvre alors avec bonheur, mais sans trop de surprise, qu'entre-temps, à mon insu, je me suis métamorphosé en un grand et beau garçon, presque un adulte. Ce qui n'était initialement qu'un contact passif et fortuit de nos deux bouches se mue en un baiser actif et prolongé. Je risque enfin cet autre geste jusqu'ici retenu non sans peine : toucher ses seins. Je le fais d'abord à travers le léger tissu du corsage, puis m'enhardis à passer la main dessous et touche enfin aux rives de la félicité... Rarement les choses de l'amour m'ont souri à ce point, jamais mon vécu n'a *baigné* dans une huile aussi douce, lubrifiante... L'indétermination de l'âge est pour le sujet rêveur l'un des points forts du rêve...

Homo erectus...

Chez l'individu mâle du genre *Homo*, le réveil, ou retour à l'état de veille (et retour conjoint au Réel), coïncide souvent avec une érection ; mais celle-ci ne découle pas forcément d'un épisode rêvé à caractère érotique... Au mieux de ma forme égologique, il m'arrive de penser que ce durcissement personnel précède et a pour fonction capitale d'engendrer le surgissement et le durcissement mêmes du monde au sortir du rêve. La soudaine tension de mon attention se propage tous azimuts, à la vitesse de la lumière, donnant alors réalité à ce qui l'instant d'avant n'avait de statut que virtuel. Ainsi, ce qu'elles gagnent tout à coup en substance, consistance, insistance, persistance à mes yeux, la terre, le ciel, l'océan, la plage, les mouettes, la communauté estivante, ne le possèdent pas en propre, elles le doivent au surcroît d'attention, essentiellement visuelle, que je leur prête en m'éveillant.

-Mais de là à penser, comme tu t'y autorises parfois, que la stabilité globale du monde ne *tient* qu'à l'intensité du regard que tu poses sur lui...!?

Le Langage après tout n'est pas loin d'accréditer cette thèse audacieuse. Le verbe anglais *to stare* ("regarder avec insistance") a pour origine étymologique certifiée le vieux germain *ster* qui signifiait "rigidifier". Le double sens du verbe

français "fixer" fait écho à la relation de cause à effet susceptible d'exister entre la tension d'un regard et la relative stabilité des choses qu'il croit découvrir ici et là - une relation que
le Langage *tient* lui-même à faire entendre, non seulement
aux oreilles anglophones, mais aux francophones...? On peut
certes inverser l'ordre des facteurs et penser que le durcissement du monde précède, engendre, requiert toute mon attention...? En bonne logique égologique, la vérité "en la matière" est indécidable, pour la simple raison que je ne peux
m'assurer de la plus ou moins grande dureté du Monde
quand j'en suis absent. D'un point de vue strictement personnel, la (re)-contraction de mon être au réveil et la
(ré)apparition du monde réel devant moi sont tout au plus
des phénomènes concomitants.

*

No pasaran...

Un tas de petites choses passent et repassent devant mes yeux : groupe de gens avec chien entrant en scène côté cour ; chien avec groupe entrant en scène côté jardin L'inévitable rencontre des deux groupes au milieu de mon champ de vision est promise à quelque développement intéressant, cocasse ou conflictuel selon le caractère des chiens (selon aussi l'autorité des maîtres). Je concentre à présent toute mon attention sur eux.

-Gaspillage d'énergie !

Spectacle moins réjouissant, et même plutôt pénible : cette mère avec sa fille handicapée mentale, toutes deux en maillot de bain marchant le long de l'eau, parfois dedans... Progression pataugeuse et capricieuse du couple, au gré des lubies de l'handicapée qui, tour à tour, veut avancer, ne plus bouger, faire demi-tour, entrer dans l'eau, sortir de l'eau, puis y plonger la main..., se prosterne deux, trois fois devant le Large, se redresse, s'empare d'une algue ou d'un galet, qu'il faut lui faire lâcher avant que ne lui prenne l'idée de les lancer sur quelqu'un à proximité... La même séquence, le même *passage* jour après jour vers la même heure, en fin d'après-midi, et ce depuis pas mal d'étés déjà, sous le regard aussi gêné qu'apitoyé des *habitués* qui, fuyant comme moi la promiscuité trop grande de la plage centrale, trouvent refuge sur cette aire de sable un peu à l'écart, côté sud...

Je m'abstiens généralement de prêter aux deux femmes une attention trop grande, moins par délicatesse que par répulsion... J'évite en général de poser trop longtemps mon regard sur les difformités physiques des gens et animaux qui se présentent à moi, ou de m'attarder en pensée à certaines évocations déplaisantes ou malsaines de la réalité. La curiosité morbide n'est pas mon fort... À noter cependant qu'un spectacle dont on détourne les yeux oriente l'espace tout autant qu'un spectacle attractif ; répulsion et attraction constituent les deux pôles complémentaires du positionnement individuel en un point donné de l'espace-temps...

« Le contact de la mer ne peut que faire du bien à votre enfant » aura sans doute prescrit le neuropsychiatre vingt ans plus tôt... Or, aucune amélioration n'est perceptible dans la façon dont les deux femmes, l'une menue (la mère), l'autre athlétique (la fille), accrochées l'une à l'autre, parcourent de façon cahotante ce bout de plage, jour après jour, été après été... Au contraire, la gamine d'autrefois, devenue plus forte au fil des ans, représente un boulet de plus en plus lourd à traîner ou pousser pour la mère qui, de son côté, paraît de plus en plus vieille et tassée. Toute absorbée par l'attention constante qu'elle prodigue à sa fille, elle ne peut évidemment jouir du bord de mer, s'y détendre et y récupérer des forces, comme beaucoup de vacanciers le font ici, ni a fortiori s'adonner comme moi à une quelconque pratique égologique... Oui, le sort m'a épargné, et ma situation privilégiée devrait m'inspirer un peu plus de compassion pour les êtres moins favorisés. L'égologie dont je fais si grand cas n'est peut-être, après tout, qu'une forme se voulant "spirituelle" de l'égoïsme le plus trivial ?

Lorsqu'enfin les deux femmes quittent mon champ de vision, j'en ressens un réel soulagement. Difficile cependant, malgré mes efforts mentaux, de ne pas accompagner leur disparition d'un commentaire supplémentaire et probablement superflu :

-Le calvaire enduré par cette mère ; l'attention soutenue (et sans retour) qu'exige d'elle l'handicapée mentale ; l'état d'extraversion constant auquel la première est réduite du fait de la seconde, non seulement sur la plage, mais vraisemblablement ailleurs, tout au long de la journée, et durant toute la vie ! Extraversion sans réciprocité, déperdition énergétique à sens unique...

Difficile également de ne pas associer à ce train de réflexions l'image cosmologique du vertigineux trou noir qui, selon les spécialistes, absorbe voracement toute matière-énergie à portée de son gouffre !... Pertinence d'une telle métaphore : l'abîme sans fond ouvert à mes côtés par la réalité psychique d'autrui ; l'espèce d'aspiration irrésistible ressentie lorsque je m'en approche trop, que je me penche avec trop d'intérêt, passion ou compassion sur *elle*, que je me charge d'*elle*, ou simplement que je pense trop à *elle*, présente ou non... ! *Sujétion* : dépense attentionnelle parfois mutuelle, mais d'autres fois à sens unique comme dans l'exemple ci-dessus. Ou dans celui qui, sournoisement, me revient à l'esprit : justement *elle*...

Dialectique du maître et de l'esclave : maîtres tenus en laisse par leurs chiens, amoureux par l'être aimé, parents par leurs enfants, bagnards par leurs geôliers, ou l'inverse...? Que la dépendance soit à sens unique ou réciproque, l'*être* pur et simple s'accommode évidemment mal d'une trop grande attention *prêtée* à autrui s'il n'y a pas *rendu*. S'intéresser à..., prêter attention à..., s'occuper de..., autant de déperditions d'être à mes dépens, au bénéfice d'autrui. Et sur ce point, une fois de plus, le langage par nature éloquent ne s'y trompe pas : le *cher* est *coûteux* en énergie psychique ; surtout si la passion que l'on nourrit est à fonds perdus, à sens unique c'est-à-dire si l'intéressé(e) ne vous dispense rien en retour... Difficile donc d'empêcher plus longtemps mon cheminement mental de déboucher sur un sujet de préoccupation récent dont je pensais m'être débarrassé grâce à la vidange vacancière :

...Épisode à vrai dire peu glorieux de ma vie amoureuse, à savoir ma grande et vaine passion pour *Elle* ! Dix mois de polarisation à sens unique ! Et le fâcheux souvenir de revenir en force au premier plan de mon psychisme (l'écran gélatineux de mon cortex) afin d'y projeter les implacables et désastreuses séquences enregistrées l'an passé. Mon entrée par mégarde, ou simple hasard, dans la sphère d'attraction de l'éblouissante *XY* ! mon idée initiale (et naïve) d'une relation bilatérale de type courant, plus ou moins conjugale, plus ou moins fluctuante et équilibrée (le tournoiement de deux étoiles d'égale grandeur l'une autour de l'autre, comme dans un système astronomique binaire) ; et la triste situation qui bientôt prévalut entre *elle* et moi. Pas même une relation de dépendance stabilisée du type planète-étoile (soumission satellitaire de l'un contre prodigalité énergétique de l'autre), mais celle d'un véritable trou noir sentimental ! L'irrésistible et irréversible absorption de mon être par le sien ; un bilan égologique catastrophique !
Un classique du genre : m'accordant au départ juste ce qu'il faut de sa présence pour m'attirer à *elle* et m'éblouir, *elle* s'applique ensuite à m'en priver d'une façon très habile, progressive, dont je ne perçois pas sur le moment le caractère systématique. Après trois quatre rencontres raisonnablement rapprochées dans le temps, suffisantes en tous cas pour s'assurer de ma capture, *elle* se fait rare, toujours plus rare, se dérobant bientôt sous n'importe quel prétexte, réel ou fallacieux. Et moins *elle* est là, bien sûr, plus je pense à *elle*, plus

profondément je m'absorbe en *elle*, plus exclusivement *elle* me *pré*occupe... Le déséquilibre de nos relations n'a cessé de croître, jusqu'au point fatidique où, assurée d'avoir instillé (installé) dans mon esprit une idée fixe d'elle-même apte à durer, et convaincue à juste titre que la présence virtuelle d'un être dans l'esprit d'un autre s'accroît en raison inverse de la présence effective que le premier consent au second, *elle* put enfin considérer qu'il n'était plus besoin pour *elle* de se manifester à moi le moins du monde (c'est-à-dire en chair et en os) pour perpétuer ma sujétion. Et tout ça en dépit (ou à cause) de mes continuelles et humiliantes relances. La spirale-entonnoir du fameux trou noir !

Mieux vaut tard que jamais ! J'ai fini par identifier (et d'une certaine façon admirer) dans son comportement à mon endroit cette forme particulièrement *sophistiquée*, disons même perverse mais très efficace, de l'asservissement ontologique : occuper les pensées d'autrui par image (ou idée) interposée ; attacher l'esclave non plus à une personne réelle, mais à l'idée *d'elle* que l'on a fait naître en lui et fixée dans quelque repli de sa matière grise. N'est-ce pas là le summum de la domination psychologique ? La moins fragile en tous cas... L'idée fixe, idéalisée, est en effet inaltérable, alors que l'image réelle qu'on présente de soi-même à autrui risque un jour de lui apparaître sous un mauvais jour ; et finira de toute façon par s'altérer *un jour*…

Penser à *elle* à tout moment ou presque (95% de mon temps), alors qu'elle ne pensait à moi qu'incidemment lui conférait ainsi un avantage égo-ontologique indiscutable. Et j'appris bientôt d'un tiers qu'*elle* multipliait ces déséquilibres auprès d'autres personnes. Vestale inassouvie d'elle-même, soucieuse et sans doute même anxieuse de concentrer sur elle, en ce monde transitoire, un maximum d'attentions passionnées, *XY* allumait sans cesse de nouveaux feux, embrasait tous les cœurs inflammables à sa portée, féminins comme masculins, jeunes et moins jeunes, attisant au cœur de chacun juste ce qu'il faut de braises initiales pour qu'en jaillisse à son profit une flamme jugée durable, sinon éternelle. Le plus vexant pour moi dans cette affaire aura été de découvrir qu'*elle* n'était pas toujours très regardante sur le choix du combustible. Raison de plus pour réagir…

À 98% d'occupation *médiate* de mon psychisme par l'idée que j'ai d'*elle* (doublée d'une vague image mentale), contre 0% de présence effective de *sa* personne, un inespéré sursaut d'orgueil m'amène à recouvrer en partie mes esprits et à reprendre *in extremis* les commandes de ma vie intérieure. Et j'y suis parvenu en recourant une fois de plus au bon vieux truc *yogique* consistant à objectiver mentalement ce qui, de prime abord, se présente comme une chose non concrète, difficile à saisir...

Premier constat : l'obsédante *pré*occupation de mon esprit par *XY* résulte non pas - comme je l'ai cru - d'une *idée fixe* implantée à demeure dans ma matière grise, mais plutôt d'une idée parmi d'autres, épisodique comme les autres, cependant beaucoup plus présente parce que plus récurrente ; une idée dont les apparitions très rapprochées dans mon cerveau y créent l'illusion (cinématographique) d'une présence continue ; car, même au plus exclusif de ma passion pour *elle*, il m'arrivait de penser à autre chose ; *volens nolens*, tel aspect de ma vie professionnelle ou sociale émergeait de ci de là dans mon vécu quotidien ; tel écho de la situation politico-économique nationale ou internationale, voire météorologique, arrivait à se faire entendre dans le ressassement monotone de ma détresse sentimentale, pour ensuite, il est vrai, s'effacer assez vite au profit de cette dernière.

Association d'idées, fatidique enchaînement des pensées...
De fil en aiguille, ou carrément du coq à l'âne... Le coq à
l'âne n'est souvent que du fil en aiguille dont une partie n'a
pas été perçue... La pensée anodine « Il pleut » entraîne chez
Marcel Proust tout un train de pensées : « Il pleut, *donc* pas
de promenade tantôt au jardin des Champs-Elysées, *donc* pas
de rencontre avec Gilberte aujourd'hui... » Dans mon fonds
cérébral, cela se compliquait un peu : « Il pleut [et je n'ai pas
mon parapluie..., oublié sans doute quelque part, probablement dans le métro ? *elle* oubliait souvent le sien dans les
cafés où nous prenions un pot l'hiver dernier, souviens-toi...,
et selon qu'*elle* constatait l'oubli tout de suite, ou non, nous y
retournions sur le champ, ou le jour d'après..., mais voilà
bien six mois qu'*elle* ne m'a pas donné signe de vie] que de-
vient-*elle* ? » Inattentif aux pensées intermédiaires, on peut
trouver abrupt le passage mental de « il pleut... » à « ...que
de-vient-*elle* ? » Peu visible, le fil n'en est pas moins réel et
très résistant... Au plus fort de ma passion, tous les chemi-
nements et enchaînements de pensées me ramenaient irrésistiblement à *elle*. L'impossible exploit : rester plus de deux ou
trois minutes sans *y* penser (un exploit difficile à chronomé-
trer, car le temps passé sans la moindre pensée pour *elle* ne
peut être mesuré qu'en pensant de nouveau à *elle* - piège de
la sophistique !).

M'efforcer donc de traiter mes pensées à la manière *yogique*, ou, mieux encore, de les appréhender en termes de
science objective, physique et/ou chimique...? À en croire
par exemple ce qu'enseigne la neurobiochimie, ou plutôt, à
en croire ce que je crois être l'enseignement de la neurobiochimie, les pensées au sens large (y compris donc les senti-

ments) ne sont rien d'autre que des molécules de type pro-téique en circulation continue dans le sang du sujet pensant, des neuropeptides, qui, chaque fois qu'elles passent en cer-tains points de sa matière grise, y produisent cette étincelle qu'il assimile à une pensée... Vision par trop *matérialiste* des processus mentaux ? Quoi qu'il en soit, le caractère circula-toire de la passion amoureuse est indiscutable. Cela vous remonte au cerveau par bouffées intempestives, pério-diques...

Une fois perçu ce trait, il m'était plus facile de résister au flux obsessionnel qu'engendrait cette passion ; de ne plus me laisser emporter aussi passivement par le train de sentiments que ce flux véhicule, ni par les images et réflexions qui l'ac-compagnent...

-Tout ce *cinéma* que tu *te* fais dans ta tête n'est qu'épi-phénomène verbalo-mental par rapport à un écoulement sous-jacent bien réel (biochimique)...

Contrôler ce flux de manière efficace, exigeait donc que je l'identifie comme tel, à savoir comme une réalité distincte de ma personne... Au lieu de m'identifier à *mes* pensées, d'en épouser les moindres contours, de faire corps avec elles in-timement, de les prendre "à cœur", "au sérieux", "à mon compte", d'en assumer la paternité, et du même coup la res-ponsabilité (ainsi que j'avais laissé faire jusqu'à présent), m'efforcer désormais de les considérer avec le recul mental qui s'impose et de les (conce)*voir* alors pour ce qu'elles sont, à savoir des fluides d'origine extérieure (exogènes ?), assimi-lables à ces *humeurs* qui, de notoriété scientifique (?), se forment et circulent dans le corps humain en réaction à des stimuli du dehors : colère, chagrin, enthousiasme, indigna-tion, compassion...

-Ce n'est qu'une fois bien vu cela que tu peux espérer en

avoir la maîtrise et ne plus te laisser entraîner par elles… Même si la réalité scientifique qui la fonde est sujette à caution, l'objectivation réussie d'une sujétion psychique ouvre la voie à un possible affranchissement. Tes pensées (ne) sont (que) des *réflexions*, *i.e.* des *reflets* cérébraux de réalités extérieures à ta personne...

Or, toute *objectivée* qu'elle fût, ma souffrance passionnelle ne *passait* toujours pas. Pas plus vite qu'une couleur vive, ou qu'un morceau de pomme insuffisamment mâché transitant par mon œsophage. Il y fallait sans doute du temps, de la patience. Exhortation réitérée de ma pensée :

-Voyons, Lucien, sois raisonnable ! Mets-toi bien ceci dans le crâne que ces pensées douloureuses qui t'assaillent et ne te lâchent pas une seconde ne sont que de gros neuropeptides formés en toi à titre plus ou moins transitoire, sous l'effet de certaines circonstances extérieures fâcheuses et d'un manque de vigilance de ta part ; des composants véhiculés par ton sang jusqu'au tamis de ton cerveau (cette *passoire* de toute *passion*), qu'ils font vibrer au *passage* désagréablement... Visualiser ici des sortes de gros grumeaux qui, charriés dans tout ton corps par ton flux sanguin, passent périodiquement par ton cerveau où ils engendrent les idées, images et paroles que l'on sait, dont un nombre excessif de figures à l'effigie de *XY*. Ces macromolécules ont ceci d'un peu particulier et d'inquiétant, par rapport aux autres *passagers* empruntant tes canaux cérébraux, qu'elles s'accroissent en nombre et virulence à chaque tour de piste ! une amplification typique de la passion malheureuse, qui n'est pas sans rappeler le processus de réplication utilisé par les virus ou bactéries pour proliférer de façon exponentiellement redoutable, parfois mortelle, au sein et aux dépens d'un organisme vivant ! D'un être en proie à quelque dévorante passion (philatélie, échecs, jeux de cartes et/ou d'argent, apiculture, opéra russe ou *body buil-ding…*) ne dit-on pas qu'il en a *contracté* le virus ? Dis-toi bien que cela va passer. À force de circuler dans tes veines et artères, dans le réseau complexe de tes vaisseaux sanguins ces macromolécules finiront bien par se décomposer en élé-ments inoffensifs, et ce d'autant plus rapidement que, les appréhendant comme telles, tu auras démystifié plus vite leur prétendue nature mentale, évanescente, insaisissable... La souffrance intense qui les accompagne devrait vite pâtir de leur *mise à jour*, pâlir sous le rayon impitoyable de ton *laser* attentionnel. Patience et longueur de temps…

Ainsi m'exhortait ma pensée.

Laisser faire le temps ? Attendre que l'élément psychique perturbateur *passe* de lui-même, sans rien tenter de personnel pour hâter sa fin ? L'ayant dûment *objectivé* ne pouvais-je agir sur lui de l'intérieur ? À défaut de lui interdire le pas-sage, au moins l'*influencer*, supprimer ou au moins atténuer ses effets obsessionnels…?… Concevoir à cette fin - second temps de mon rétablissement senti*mental* - conce*voir* le fais-ceau interne de mon attention comme une réalité elle-même *physique* ; un rayon de type laser (ainsi que suggéré plus haut), susceptible non seulement d'éclairer au passage les composants moléculaires incriminés, mais mieux encore, en le concentrant sur eux, de les désintégrer !

(Remarque : focaliser ainsi son attention sur ce qui, sous forme de macromolécules, vous passe par la tête, ce mode opératoire n'est pas sans rappeler le comptage des moutons lorsqu'on a des difficultés à s'endormir - des moutons mar-qués *XY* au fer rouge, ou à l'encre noire ! -, ou, dans un con-texte plus *branché*, les pratiques électroniques mises en œuvre aujourd'hui par nos jeunes et moins jeunes personnes dans leurs jeux vidéo)...

-Tiens, *XY* !

Un bon coup de mon laser mental sur son vecteur moléculaire et *la* voici pulvérisée sur place avant d'avoir pu prendre forme dans mon cerveau ; l'efficacité du procédé est d'entrée remarquable. Ainsi intercepté, le neuromédiateur, non seulement ne peut se répliquer dans ma matière grise, mais n'y provoque plus qu'un léger remous verbalo-mental, n'y laisse qu'une mince traînée imaginale, et surtout cesse d'induire à hauteur de mon cœur ce douloureux pincement si caractéristique de son passage à ce niveau les fois précédentes... Mais jamais en repos, la circulation sanguine achemine aussitôt d'autres neuropeptides jusqu'à ma matière grise :

-Tiens *AD*, qu'est-ce à dire ?

Ah oui, l'indémodable *Affaire Dominici* ; le fin mot de cette affaire ; un téléfilm très contestable *passé* à la télé hier soir (a laissé quelques traces dans mon cerveau). Rien à voir avec mon actualité présente. Un sujet qui, de toute façon, ne me concerne en rien, ne me *regarde* pas au sens strict du mot, ne peut me tenir *à cœur* ; une protéine aléatoire de récurrence très espacée :

-Laisser passer...

Mais revoici *l'intruse* : nouveau coup de laser mental, nouvelle désintégration instantanée ! Autre chose à présent, *MRN* ? *Marée noire* imputable au naufrage dans l'Atlantique d'un pétrolier abusivement nommé "Prestige" »... Réalité plus *potentielle* qu'*actuelle* pour le vacancier que je suis, aussi longtemps que les gluantes galettes de fioul ne souillent pas les plages locales d'Issy-sur-Mer et n'y gâchent pas mon séjour.

-Touchons du bois...

Mais à nouveau *XY* : pan dans le mille ! Un vrai jeu de massacre électronique... Fort de ces premiers succès, ne puis-je aller plus loin dans la reprise en main psychique ? Concevoir par exemple, et mettre en œuvre une méthode, non plus curative mais préventive, de contrôle du flux mental intempestif ? Au lieu d'attendre que les pensées dûment marquées me passent d'elles-mêmes par la tête, prendre les devants, c'est-à-dire prendre l'initiative de les convoquer devant moi, afin de vérifier froidement leur identité, puis, la chose faite, les congédier sans façon ?

-J'appelle *XY...*

Présence enregistrée et *remerciée.*

-Au suivant ! J'appelle *CH* (*clonage humain*) ; où en est cette recherche génétique soi-disant prometteuse…? Pure escroquerie, rompez...! J'appelle *AC - Affaire Clearstream* ; affaire classée !

Autres appels en pure perte :

-*GG2* (*Guerre du Golfe deuxième édition*), affaires *ELF, MRN, SRAS, OGM, ONG, VHS, VIH, ESB, CTU, CORESTA,* etc... Et enfin : *TMDP* (*Techniques de Maîtrise des Dépenses de Pensée*)… Circulons, circulez !

Le grand moment de la reprise en main psychique : quand les *sujets* qui, jusqu'à cet instant, s'introduisaient frauduleusement et squattaient durablement votre esprit, n'en faisaient en somme qu'à leur tête, se trouvent, réflexion faite, transformés en de simples *objets* mentaux que l'on manipule à sa guise. Ainsi interpellés, privés d'initiative, donc d'effet de surprise, les intrus perdent leur impact neuronal, se lassent vite d'être convoqués et "remerciés", décident alors de ne plus répondre à l'appel. Et m'en voilà débarrassé ! Plus besoin même de recourir à mon laser mental pour les neutraliser, d'où économie importante d'énergie. Confirmation ici d'une loi fondamentale de la *rhéologie* (science des flux et fluides) : tout flux est par nature influençable… Un dernier doute quand même ? Cette maîtrise psychique retrouvée provient-elle réellement de l'attention portée au flux des idées *fixes* et pensées parasites qui me passent par la tête, ou s'agit-il d'un dépérissement naturel, plus rapide qu'escompté, qui les affecterait au fil du temps...? Autrement dit, exercice effectif de ma volonté dans ce champ restreint de mon libre-arbitre qu'est mon for intérieur, ou suggestion trompeuse de mes neurones cérébraux, une de plus, à l'initiative du Milieu socio-humain ? Comme toutes les grandes questions métaphysiques, celle du libre-arbitre reste à jamais indécidable.

Quel que fût mon mérite dans sa mise en œuvre, la technique de visualisation mentale (avec ou sans laser) n'a pas tardé à faire effet, et en tout premier lieu a provoqué dans mon esprit un net *reflux* des entités psychiques *marquées* des initiales *XY*. Non seulement *ses* apparitions se sont raréfiées, mais ont été chaque fois moins *virulentes*, jusqu'à disparaître à peu près complètement de mes préoccupations courantes au bout de quelques mois (dont celui, capital, des vacances actuelles). Disparition définitive...? Une relance est toujours possible, je ne peux l'exclure ; par exemple *son* débarquement en chair, en os et maillot de bain, devant moi, sur cette plage, ici même ! Quelle serait en effet ma réaction si, telle Vénus, *elle* jaillissait des flots en bonnes et dues *formes* au bout de ma serviette de bain...!? Évènement improbable dans le mesure où elle ignore que je suis en vacances à Issy-sur-Mer. Plus à craindre pourrait être la relance indirecte (médiate) par voie téléphonique ? Le téléphone, surtout sans fil, est un relanceur redoutable ; un lasso virtuel capable de vous attraper à de très grandes distances, jusque dans les *trous* les plus reculés, par-delà les plus grands espaces...

« Allo…? » (c'est *elle* au bout du fil virtuel !)

« C'est moi… »

Elle : « Que deviens-tu, dis-moi…? »

Moi : « Ça va, merci. Ça va beaucoup mieux. Je me suis heureusement ressaisi, ou plutôt : le temps a fait son œuvre. Ou les deux à la fois. Le résultat est là, je me sens bien... Et toi ? »

Elle : « Quand tu dis *ressaisi*, veux-tu dire détaché de moi à présent, indifférent à ma personne ? »

Moi : « Indifférent, c'est beaucoup dire... Je reste sensible à ton image (que répercute ta voix), sensible à la beauté, en général, mais détaché de toi personnellement, sans aucun doute... Déçue ? »

Elle : « Autrement dit, ces grosses molécules marquées à mon nom et à mon effigie, ces signatures neuro-bio-chimiques que j'étais parvenue à instiller et multiplier en toi au fil de nos rencontres, ont disparu de ton système circula-toire ? Cela n'a pas traîné, dis donc. Félicitations…! Avoue quand même que c'est un peu vexant pour moi... »

Moi : « Ça peut l'être en effet. Disons aussi que j'y ai mis pas mal du mien. La qualité de ton marquage n'est pas en cause. L'idée fixe (ou plutôt récurrente) que représentait ta personne dans mes pensées n'a pas lâché prise facilement, crois-moi. J'ai dû faire de gros efforts mentaux pour y parve-nir, presser le processus de désagrégation naturelle des dites molécules, ou neuromédiateurs à l'aide des procédés égolo-giques dont je t'ai parlé : respiration profonde, contrôle de pensées, méditation transcendantale, toute la panoplie... »

Elle : « Bravo donc, et encore bravo ! Au fond, tu es plus fort intérieurement que je n'avais pensé... »

Moi : « J'en suis moi-même surpris et le premier à m'en féliciter. » (Un silence)…

Elle : « Ceci dit, on pourrait se revoir…? »

« À quoi bon ? » est au bout de ma langue mais se trouve coiffé sur mes lèvres par la réponse-réflexe inattendue : « Pourquoi pas ? » (Je suis sensible à la beauté et j'y prends d'autant plus plaisir que je m'en crois désormais sentimentalement détaché)...

Elle : « Parfait, parfait ! Je ne sais pas où et quand on pourrait se revoir... Le mieux est que tu me rappelles... »

(Ah, la fine mouche ! Elle n'a donc pas changé : elle veut faire à nouveau de moi le demandeur, à la merci de son bon vouloir. Ah, mais cette fois, je ne marche pas !)

Moi : « Décide toi-même, car cette idée de retrouvailles, c'est toi qui la suggères, pas moi. N'espère quand même pas restaurer d'emblée tout ou partie de ton ancien pouvoir sur moi...? En acceptant de te revoir je prends déjà le risque énorme d'être à nouveau séduit par toi et t'offre ainsi une nouvelle chance de m'asservir *in situ*, tu apprécies ? »

Elle : « J'apprécie. »

Moi : « N'espère quand même pas réactiver cette polarisation à sens unique qui a prévalu entre nous pendant des mois, rétablir d'un coup cette ancienne sujétion unilatérale de moi à toi, à l'aveugle, à distance et à mes dépens, par le seul biais du fil téléphonique ! Ce serait un peu trop facile, trop bon marché, reconnais-le. »

(Un temps de réflexion de part et d'autre)...

Elle : « Décidément, tu es devenu bien plus malin qu'autrefois, et par là même plus *cher* à mon cœur ? Cependant, mets-toi à ma place et considère ceci : en t'appelant, je viens de faire un premier pas considérable ; je l'ai fait en pensant rétablir entre nous une relation plus équilibrée que par le passé ; donc un appel de toi pour un de moi, à titre de bon début... Songe quand même qu'autrefois il te fallait me relancer neuf fois (c'est toi-même qui as fait le calcul) pour une seule réponse positive de ma part ! On n'en est plus là, c'est promis... »

Moi : « Disons simplement que les temps ont changé. C'est le propre du temps d'ailleurs... Mais quelque chose m'échappe dans ton intervention : s'il te coûte tant de faire le nécessaire pour que nous nous revoyions, pourquoi ne pas y renoncer ? Fais donc une croix définitive sur ma personne. Les compensations relationnelles ne doivent pas te manquer par ailleurs. »

Elle : « Ah, le vieil argument méchant ! Tu sais très bien - au moins par tes lectures - combien il est difficile à une souveraine de renoncer à la moindre parcelle de son royaume, même et surtout s'il est très vaste ; combien la parcelle manquante peut prendre de valeur par rapport au reste (songe par exemple à ce que fut l'Alsace-Lorraine pour la France quand elle l'eut perdue, ou mieux encore, à ce qu'est aujourd'hui Gibraltar pour les Espagnols) !... Renoncement particulièrement difficile maintenant que j'ai fait l'effort de te *rappeler* sous ma bannière. J'aurais mieux fait de m'abstenir, je m'en rends compte, trop tard... Notre liaison passée avait tourné à mon avantage ; si maintenant je renonce à nos retrouvailles, l'avantage passe dans ton camp et pourrait y rester longtemps, voire à jamais, tel que je te connais, peu enclin à le remettre en jeu ! Cette pensée n'est guère agréable, admets-le. »

Moi : « Je me suis bien accommodé d'un tel désavantage pendant des semaines et des mois. Chacun son tour... De toute façon, tu n'as plus le choix, tu es coincée ; tu t'es en quelque sorte piégée toi-même avec ce coup de fil... J'entends pourtant me montrer bon prince (consort !). Il n'est pas dans ma nature d'abuser d'une position dominante quand elle m'échoit... Fais donc le nécessaire pour que ce rendez-vous ait lieu et date à ta convenance. Fais-le sans te sentir le moins du monde en position de faiblesse. Une certaine faiblesse ne te messiérait pas d'ailleurs, crois-moi ; elle ajouterait plutôt à ton charme. Et j'y pense tout à coup : qu'est-ce qui t'empêche de ne pas venir au rendez-vous que tu m'auras fixé, ou de t'y rendre avec un retard calculé, suffisant pour rééquilibrer la balance de nos échanges en ta faveur ? »

Elle : « J'y ai songé (*elle* ne peut réprimer ici tout à fait ce sourire un peu diabolique que je lui connais − sourire que transmet jusqu'à moi le flux de micro-ondes à travers l'éther). Mais réfléchis un peu : le contretemps est également possible dans l'autre sens. Ces opportunités tactiques s'offrent à toi aussi bien qu'à moi, et j'avoue qu'un *lapin* posé par toi serait pour moi dans le contexte actuel l'humiliation suprême ! »

Moi : « Je vois que nous n'avons pas plus confiance l'un dans l'autre qu'autrefois. À quoi bon dans ces conditions renouer ? »

« Ce soir, 20h au Mabillon ! » lâche-t-elle d'un coup.

« Au Mabillon, ce soir...? Ne sais-tu pas où je me trouve, en quel lieu lointain ton coup de fil (sans fil) en cet instant m'atteint ? »

« Tu n'es pas à Paris ? »

« Je suis à Issy-sur-Mer, à 500 km de toi, en vacances, sur la plage océane, au soleil, figure-toi, les doigts de pieds en éventail, en train de contempler la mer et de bronzer *idiot* ! »

« Salaud ! »

(Une fois de plus, je n'eus qu'à me féliciter de n'avoir pas souscrit à l'acquisition de ce *fil à la patte* supplémentaire qu'est le téléphone *mobile,* ce lien immatériel au moyen duquel l'arachnéen Milieu peut désormais assujettir tout son monde en tous lieux et circonstances, même en vacances…)

*

No comment...

Aller-retour jusqu'à la Négade, histoire de me dégourdir les jambes. Pas un seul mot de commentaire, objectif ambitieux... Huit kilomètres à pied sans autre son à mon oreille que le bruit de la mer, une bonne heure et demie de marche sur fond de silence intérieur, quelle performance ! quelle économie d'énergie ! et quel mieux-être bientôt dans tout mon être !

Liberté de penser... et de ne pas penser. Maîtriser mes pensées est au fond le seul acte de liberté authentique que je puisse mettre à mon actif ici-bas. Qu'il me soit difficile la plupart du temps d'exercer cette liberté prouve son importance. Perception et identification sont pratiquement obligatoires des lors qu'on se meut dans un espace terrien-marin. Facultative, par contre, est la *nomination* ; mais difficile à retenir quand on a (ou croit avoir) le "mot juste" au bout de la langue ! Mon abstention verbale est naturellement facilitée ici par la relative uniformité de mon cadre ambulatoire : ciel, mer, sable à perte de vue...

Accommodant mon regard au seul ruban de sable humide défilant sous mes pieds, je ne peux toutefois empêcher mon esprit d'y relever des marques qui me *disent* quelque chose, des empreintes qui me *parlent* : pas humains, pattes d'oiseaux ou de chiens, reptations de crabes ou de mollusques... Je les relève mentalement au passage, mais me retiens de les nommer. Si malgré tout leurs noms me viennent à l'esprit, du moins puis-je m'abstenir de formuler quoi que ce soit d'articulé et de précis à leur sujet ; ne pas définir, par exemple, le *comment* de leur apparence - grandes ou petites, nettes ou peu marquées, rapprochées, espacées -, ni le *pourquoi* de leur apparition. Me garder surtout de ces enchaînements mentaux irréfléchis qui, partant de l'identification d'une infime réalité *présente* (ce petit cylindre de cuivre rouge émergeant du sable), alimentent mon commentaire, le développent outre mesure, le font remonter à un passé plus ou moins reculé, ou le projettent symétriquement dans un futur non moins lointain : « Douille de balle de fusil de calibre allemand 7,62... Fusil Mauser... Vestige des derniers combats de la seconde guerre mondiale... Mur de l'Atlantique, printemps 1945... Réduction militaire de la poche Le Verdon-Royan... Bout de métal resurgissant comme neuf après cinquante années d'enfouissement plus ou moins profond dans le sable ou l'argile ; une récupération banale de nos jours, mais une aubaine, une vraie trouvaille pour les archéologues et paléontologues des millénaires à venir - s'il y en a. Etc... »

À peine ouverte l'écluse verbale, quelle cataracte de mots ! Le commentaire médiat est toujours prompt à se saisir de la moindre perception immédiate et s'en nourrir, tous les *pré*-textes lui sont bons. Quel rattrapage ! Trop longtemps (ré)-(com)primé, le flux verbalo-mental se donne libre cours dans les tortueux canyons de ma matière grise, redevient incontrôlable... Occasion tout de même de palper *au passage* la réalité du phénomène, d'éprouver notamment sa pression, et de *réaliser* ceci : le commentaire (monologue ou dialogue) intérieur qui sévit en moi de façon à peu près permanente depuis ma plus petite enfance, - d'un débit modeste et uniforme en temps normal, mais parfois torrentiel -, n'est pas seulement cet accompagnement verbal anodin, assimilable le plus souvent au babil innocent d'un ruisseau, au ressassement marin, ou à la rumeur indifférenciée d'une ville, mais un épais nuage de particules interposé entre la réalité extérieure et la perception que j'en ai (double sens du mot *cataracte*)... D'où résulte cet affaiblissement de *présence* au présent signalé par ailleurs, autrement dit l'appauvrissement sensible de mon vécu direct au contact des réalités sensibles, en particulier celle de la mer... La formation d'un tel écran implique une non moins réelle et redoutable inflammation de ma matière grise ! Réaliser cela, m'en *rendre compte* avec lucidité m'ouvre-t-il un champ libre où peut s'exercer ma volonté, mon pouvoir de contrôle...? Suis-je capable de *me* surveiller plus efficacement, de mieux contenir mes incontinences, quelle que soit leur nature ? Enfant en bas âge, j'ai vite appris à retenir les plus grossières d'entre elles, d'ordre physique, pipi-caca, grâce aux sphincters dont la nature m'avait doté. Beaucoup plus difficiles à localiser, donc à maîtriser, les sphincters mentaux de l'attention et de la réflexion. À l'état de veille et même la nuit, mes fuites psychiques restent importantes et anarchiques, aussi maître de moi crois-je être devenu...

-*Tiens*, revoilà la jeune allemande de tout à l'heure ! Elle se promène avec un type pas mal...

-Tiens, te voilà arraché une nouvelle fois à tes spéculations égologiques par une *ravissante* apparition !

À charge pour moi d'en tirer quand même quelques enseignements pratiques ?

Attraction...

La beauté physique, en particulier féminine (mais pas uniquement), tire l'œil, attire le regard, constitue un pôle d'attraction puissant, un point de convergence universel de nombreuses attentions individuelles, un centre d'intérêt de premier ordre et des plus naturels, mon être n'y échappe pas... Les médias savent en tirer parti... et profit, qui, pour nous attirer, se contentent la plupart du temps de rassembler des brassées de jolies filles sur leurs plateaux et leurs écrans... Dans un milieu au départ homogène et peu différencié comme le bord de mer (mais également au bord d'un lac, dans une piscine...), des points-phares surgissent, des interconnexions s'établissent, des contacts se nouent, tout un réseau de relations polarisées se tisse par la seule *grâce* de quelque(s) naïade(s) ou nageur(s) adéquatement dénudé(e)s (l'attraction masculine jouant un rôle moindre en ce domaine, du moins en ce qui me concerne).

La beauté physique donne un *sens* au milieu spatial, mais aussi à la vie, c'est-à-dire au *cours* du temps. Chez certains êtres a priori détachés des choses de ce monde, mystiques ou philosophes transcendantaux par exemple, ou simplement enclin au solipsisme comme moi, la sensibilité à la beauté physique (ou artistique) constitue l'unique et souvent dernier point *sensible* ; et sa quête instinctive, un ultime tropisme, un point *faible* dont Diable et Dieu savent tirer parti ! À l'instar d'autres forces attractives (ou répulsives), la Beauté physique (aux ressorts sociobiologiques toujours mystérieux) a probablement pour raison d'être et fonction première d'orienter l'espace-temps en le différenciant, avec pour fin dernière (mais pas toujours atteinte) de l'organiser. L'*organiser* au sens le plus littéral du mot, à savoir transformer en *organe* hiérarchisé, voire en *organisme* autonome ce qui n'était au départ que tissu indifférencié, au mieux totipotent, l'Humanité au stade actuel...

Ce n'est ni la première fois, ni la dernière, que se présente à mon esprit *mal tourné* l'hypothèse (délirante ? à tout le moins hardie et peu *correcte* politiquement) selon laquelle les attractions (ou répulsions) auxquelles comme beaucoup d'êtres je suis sujet (et me laisse trop souvent aller sans retenue, ni réflexion sérieuse à leur sujet), auraient pour fonction principale et secrète de favoriser l'émergence tôt ou tard ici-bas et l'intronisation finale d'un organisme de niveau supérieur, une espèce de super-organisme, ou grand *corps* social, l'Humanité, qui, dépassant les particularismes locaux, engloberait tôt ou tard la totalité des individus présents sur le globe terrestre, les intégrerait à son profit, aux dépens de chacun d'eux (à commencer par moi bien entendu…). Effleurant mon esprit de temps à autre, cette intuition d'une possible "prise en masse" humaine à mes dépens me fait froid dans le dos, même en plein soleil ! Elle entraîne bien souvent dans mon esprit cette contre-pensée revigorante :

-Si menace de ce genre il y a réellement, rien n'est peut-être gagné (perdu) d'avance ? L'individu encore conscient comme toi de sa singularité native doit pouvoir, moyennant certaines pratiques et disciplines spirituelles adéquates (égologiques ?), échapper au sort commun, se désolidariser à temps d'un processus qui, sans cela, l'anéantirait vivant comme (et avec) la grande masse de ses semblables…?

-S'agissant de *moi*, il est vrai que sur le plan esthétique, aussi bien qu'éthique ou même politique, je *me prête* encore trop volontiers au jeu dangereux de l'orientation discriminative, stade en principe préparatoire à une telle prise en masse. Puis-je vraiment m'en abstenir…? Ai-je la possibilité réelle de m'en tenir à la plus stricte (parfaite) indifférence vis-à-vis du monde extérieur, sans tomber du détachement dans la somnolence et l'inconsistance des rêves, puis de celles-ci dans cette forme avérée de néant qu'est le sommeil profond ?

Entre ces deux tropismes fondamentaux, détailler et structurer le monde, ou opérer un retrait total par rapport à lui, puis-*je* continuer d'*être*...? Existe-t-il une manière d'être qui fasse l'économie de la plus grande partie de mes dépenses attentionnelles ? Pour me sentir *être*, un minimum de différenciation n'est-il pas nécessaire, suffisant de ma part...? Penser, comme font beaucoup de mes semblables, que l'*on* va s'*en* sortir en sortant constamment de soi, que l'on peut limiter ses pertes d'être en se perdant sans cesse de vue et se laissant aller à toutes sortes de curiosités, compassions ou passions inutiles, est en tout cas un *contre*sens au sens le plus littéral du mot !...

Cette ligne de réflexions toute en zigzags a au moins le mérite de *distraire* mes pensées de l'attirante jeune femme venue étaler ses affaires de plage à quelques mètres de moi, sur ma droite, et pour effet conjoint de m'*abstraire* du plus gros du monde, océan compris.

*

Rétraction...

Affranchi de ce qui *me* passe couramment par la tête, reste à me détacher de ce qui *se* passe hors de celle-ci : le cours des choses ; ces évènements petits et grands, qui, de façon quasi continue, se présentent et souvent s'imposent à mes divers organes sensoriels, principalement la vue... Voir plus loin que le bout de mon nez équivaut à me perdre de vue, ce qui entraîne nécessairement une déperdition importante et chronique du meilleur de moi-même, susceptible de m'être fatale à long terme - même si présentement allongé sur le dos, j'effleure encore parfois du regard mon ventre et mes membres inférieurs, ou si, debout, le soleil dans le dos, j'entrevois mon ombre en pied sur le sable... Stupeur non feinte, mais rare, d'une telle *re*découverte : « *Je suis* ! » à laquelle il m'est difficile de ne pas ajouter : « *au monde* »... En bonne logique égologique, si me perdre de vue avantage le monde, l'*occultation* de celui-ci devrait *me* renforcer à ses dépens ?

L'on m'a vu mettre en œuvre précédemment, non sans succès, deux façons *matérielles* d'occulter le monde : 1) interposer un écran de tissu entre lui et moi ; 2) fermer les yeux sur *lui*... Dans les deux cas *intervenait* quelque chose de *physique* (mes paupières dans le second cas), en quoi je restais tributaire de la réalité du monde. Ne puis-je donc à présent m'en affranchir de façon plus drastique, en l'occurrence égologique...? Existe-t-il en l'absence de tout écran interposé (vêtement ou membrane corporelle) un moyen

strictement psychique, *spirituel*, de me détacher oculairement de ce qui m'entoure ?

-Imagine-toi un instant sur la plage sans effets ni affaires,
les mains attachées dans le dos, et privé de paupières, comment t'y prendras-tu pour t'abstraire du monde visible ?

Réponse expérimentale : en modifiant du dedans mon habituelle *disposition* d'esprit. Selon les circonstances, en effet,
mon esprit est plus ou moins bien disposé (*accommodant*) à
l'égard (à l'encontre ?) du monde extérieur. L'*accommodation* oculaire normale, au- delà du bout de mon nez et en deçà de l'Infini, est un trait majeur de cette *pré*disposition. La
modifier consisterait à faire en sorte que mon esprit (mon
moi) opère un décrochage adéquat par rapport à son poste
naturel d'observation, généralement situé dans la partie haute
de ma tête à l'arrière de mes yeux, au plus près de ceux-ci.
Affecté d'un tropisme visuel évident, mon *moi* se trouve posté à cet endroit en permanence (sauf aux heures de sommeil
profond). Tel un guetteur plus ou moins penché en avant, il
se tient, selon les circonstances, *exorbité*, ou en léger retrait
par rapport à ma *ligne de front*. Cette localisation me semble
à ce point intangible qu'il ne m'est jamais venu à l'idée de la
remettre en cause. Est-ce pour autant le positionnement le
plus égologique ? Est-il définitif ? Si je le voulais vraiment,
pourrais-je le modifier si peu que ce soit, repositionner ma
vision de base dans un sens moins extraverti, moins favorable au monde, y compris quand mes yeux sont grand ouverts ? Mon être intime en est-il capable, mon *moi* est-il
amovible…?

Passe encore qu'on ne puisse, en ce monde, changer d'habi-
tacle corporel à sa guise, passer d'un corps dans un autre selon les nécessités ou désirs du moment - être assigné à vie

dans ce corps-ci plutôt que (trans)migrer, à l'occasion ou de façon définitive, dans tel ou tel des six-sept milliards d'autres corps recensés à ce jour sur le globe terrestre est très restrictif quand on y pense ! On préfère la plupart du temps en prendre son parti... Il m'est quand même arrivé, il m'arrive encore, de considérer avec envie des *physiques* masculins plus athlétiques et surtout plus beaux que le mien (susceptibles donc de me faciliter la vie ?), mais sans jamais envisager de m'y introduire de façon effective - et surtout pas définitive ! préférant m'efforcer de leur ressembler du dehors en me donnant de l'exercice. Pour ce qui est de l'intérieur, j'ai peine à me convaincre que j'aurais quoi que ce soit à y gagner... En revanche, l'incapacité où je me trouve de circuler librement à l'intérieur du corps unique et non choisi que j'ai reçu en dotation définitive à la naissance suscite en moi quelques questions : n'est-ce pas là une entrave incontestable, une limitation de ma liberté d'être, un handicap insurmontable ? C'est à voir...

L'endroit précis où se trouve confiné (consigné) depuis ma naissance ce que je considère être l'essence de mon *moi*, ma conscience (ou âme), cette place n'est peut-être pas si fixe qu'il y paraît, ni surtout la meilleure que je puisse lui faire prendre ? Il n'est pas sûr non plus que l'incapacité à *me* bouger au dedans de moi-même soit naturelle et irrémédiable. Ne puis-je la corriger en faisant l'effort nécessaire, l'ai-je jamais sérieusement tenté, ou même envisagé...? Rien ne m'interdit en tous cas d'essayer quelque chose en ce sens, ne serait-ce que pour voir si ce positionnement de base résulte d'un simple *parti pris* de ma part, ou s'il est inhérent à la condition humaine en général. En avoir enfin le cœur net, transbahuter un peu mon moi à l'intérieur de moi...? Une *occupation* comme une autre en ce jour de *farniente*.

Délocalisation…

Une résistance inattendue ! Pesant de tout mon poids mental pour amener ce que je pense être mon *moi* à décrocher de son poste de veille habituel, je réussis à l'enfoncer d'un ou deux centimètres dans cette zone interne un peu molle comprise entre l'envers des pommettes et la racine du nez (le *masque* ou *massif facial* tel que perçu de l'intérieur). Mais pour l'y maintenir ensuite, il me faut exercer sur lui (toujours mentalement) une pression forte et constante, analogue à la pression physique requise pour immerger un objet, par exemple un ballon, dans un milieu liquide plus dense que lui. Est-ce là vraiment la bonne façon de me détendre, de me décontracter…? Dans cette cavité fronto-céphalique que je pensais creuse, le milieu psychique présente une viscosité antagoniste certaine. Tenter alors de déplacer mon *moi* vers l'arrière de mon crâne...? Entreprise également laborieuse et peu concluante. À peine relâché mon effort, l'étrange bulle (de conscience) revient d'elle-même se placer en façade, à cheval sur mon nerf optique… Aussi infructueuses qu'elles soient, ces tentatives me confirment en tout cas dans l'opinion somme toute banale selon laquelle l'*âme* ou *conscience* s'apparente à une sorte de bulle, de consistance beaucoup moins dense que le milieu corporel où elle baigne, qu'elle est de ce fait naturellement portée à venir se caler dans la partie haute de la boîte crânienne - à défaut de pouvoir monter plus haut (et a fortiori s'en échapper), tandis qu'un certain phototropisme l'attire vers l'entrée frontale de celle-ci, là où se trouvent les ouvertures, plutôt qu'au fond obscur de l'occiput.

(Remarque : ce que l'on nomme communément *conscience* - mot qui présente une fâcheuse connotation morale - serait sans doute mieux défini comme *centre du vécu*, autrement dit : centre de convergence de toutes les impressions externes, centre du langage, de l'imagination, de la mémoire et de la réflexion, et centre de décision à prendre dans le moment présent ou à venir... Ma difficulté à faire bouger ce centre à l'intérieur de mon corps peut être rapprochée de celle éprouvée en pleine nuit, quand, insomniaque, j'essaie de couper "métaphoriquement" le fil de mon monologue intérieur, ou de fermer le robinet de mes réflexions *courantes*, c'est-à-dire de stopper mon moteur à mots, etc... Dans ce milieu en principe insubstantiel qu'est le psychisme, où l'on devrait pouvoir a priori régner en maître, une forme de résistance et d'inertie se manifeste qui a de quoi surprendre et inquiéter l'individu épris d'autonomie que je suis...)

Malgré des efforts répétés, j'échoue donc à *délocaliser* mon *moi* vers le bas, dans la pointe de mon menton, et a fortiori dans les profondeurs thoraciques ou ventrales de ma personne. L'espèce d'anti-pesanteur psychique que ma bulle d'*être* (ou âme) oppose à l'attraction universelle, la pousse irrésistiblement vers les hauteurs fronto-céphaliques évoquées ci-dessus. S'agissant toutefois de ma tentative annexe de délocalisation psychique horizontale, c'est-à-dire vers l'arrière du crâne, dans la région du cervelet, je note un résultat inattendu : mon *moi* revient certes se poster de lui-même en avant, "remonte au front" de façon spontanée, mais pas exactement "en première ligne", où il était auparavant, ne réoccupe donc pas à proprement parler son poste de guetteur avancé ; il s'en faut à présent d'un ou deux centimètres. Le *point de vue* où finit par se stabiliser mon *moi* se situe en léger retrait du créneau oculaire, à la racine du nerf optique et non plus à sa pointe, ce qui fait converger mes deux yeux vers le bout de mon nez et non plus quelques mètres au-delà... Voilà qui change pas mal de choses au niveau de mon cortex ! Un changement de point de vue, une vision extérieure, non pas vraiment brouillée, mais moins détaillée, plus globale et, mentalement parlant, beaucoup plus détendue qu'auparavant (quand je prêtais au monde une attention visuelle normale, spontanément *accommodante*, concentrée et soutenue)... Outre un léger *floutage* du monde ambiant, ce retrait centimétrique me permet de garder en vue non seulement mon appendice nasal mais la frange inférieure de mes paupières avec sa garniture de cils. D'où l'avantage égologique tout à fait capital de ne plus "*me* perdre de vue"... Cette nouvelle façon de voir, moins analytique, plus synthétique, se révèle en outre bien moins coûteuse en énergie attentionnelle, *i.e.* en glucose cérébral. De plus, le débit des réflexions et considérations qui l'accompagnent s'en trouve considérablement réduit, leur cours ralenti, sinon suspendu...

Résultat positif tout à fait logique : une vision vague et globale appelle moins de commentaires de ma part que la différenciation perceptive. Il en découle pour mes neurones et synapses cérébraux un effet de relaxation psychique tout à fait appréciable, aux répercussions physiques indéniables. Je sens en effet mon faciès entier se détendre et l'irrigation sanguine épidermique (ou circulation capillaire) y courir en tous sens plus librement, y devenir à la fois plus fluide et plus abondante. Le sang inonde mon visage de l'intérieur comme jamais ! Ondée sanguine, soudaine et bénéfique, également explicable en termes biologiques : tout le sang jusqu'ici mobilisé par mon cerveau pour percevoir (*réaliser*) le monde dans ses moindres détails, le *réfléchir* en conséquence et le commenter sans relâche se trouve à présent disponible pour d'autres tâches, d'autres usages, internes ceux-là. Irriguer son visage du dedans n'a rien de *superflu* (au sens courant et non

premier du mot)... Sensation de bien-être général. J'en cons-
taterai sans doute plus tard, dans un miroir, les effets physio-
nomiques positifs : traits détendus, reposés, teint rayonnant…?

-Attention quand même ! L'allègement de l'effort perceptif
visuel qu'implique le repositionnement interne de ton *moi*
t'expose peut-être à des désagréments, voire à des représailles en provenance du monde extérieur...?

Le relâchement de vigilance m'est-il permis de façon durable en ce monde agressif, est-il compatible avec la vie terrestre, si précaire ? Se peut-il qu'une *aura* de type magné-
tique - magnétosphère - comme en possède notre planète se
mette en place autour de ma personne pour, tel un bouclier
immatériel, se substituer à ma garde habituelle, fondée sur le
regard ?

-… !

Un ballon m'arrive dessus que je n'ai pas vu venir, donc pas
pu éviter ; un enfant l'a lancé par *mégarde* (?) et vient à présent le récupérer. Le projectile est parti d'un bord flou de
mon champ de vision qu'en temps normal (c'est-à-dire mon
moi se trouvant en posture vigilante à son poste de guet habituel) j'aurais mieux surveillé, ce qui eût déclenché de ma part
une action préventive appropriée : dévier le ballon d'un bon
coup de poing, ou de la pointe du pied, ou encore m'en saisir
au vol à deux mains.

-Tu pourrais faire attention ! dis-je au gamin (mais c'est à
moi que le reproche s'adresse au fond)…

Mais quelle idée aussi de dégarnir de son guetteur la meur-
trière (*regard*) prévue à cet effet sur ma ligne de front. Rester
constamment sur mes gardes ? M'en abstenir quelques instants est tellement bon ! D'autant que le risque statistique
d'être à nouveau la cible aléatoire d'un lancer de ballon est

désormais aussi minime sans doute que, durant la Grande Guerre (1914-18) - aux dires des vétérans - celui de recevoir un second obus dans le trou d'un premier, donc pratiquement nuls ; à moins d'un acte malveillant, intentionnel ?

Largeur de vue…
Embrasser la réalité marine en son entier, de l'extrémité gauche à l'extrémité droite, ou l'inverse ; de l'ourlet d'écume qui se forme non loin de la plage jusqu'à l'horizon lointain noyé dans la brume - sans me focaliser sur aucun point précis de cette immensité liquide… Visualiser le tout d'un seul regard, et non plus par petits coups d'œil répétés, plus ou moins superposés, comme j'ai laissé faire jusqu'ici, au gré des mouvements incontrôlés et inconscients de mes globes oculaires, ces deux chiens fous !

Maintenir ceux-ci parfaitement immobiles et en léger retrait n'est pas une mince affaire ; cela relève de l'exploit. Et comme prévu, il en résulte pour mon cerveau une économie d'énergie considérable. Je saisis désormais sans effort, l'indéfini mouvement des vagues dans toute sa largeur et profondeur… Phénomène ignoré, ou du moins négligé du plus grand nombre des vacanciers en bord de mer, mais sans doute bien connu des surfeurs : le déferlement de l'onde de tête n'intervient pas partout au même instant, mais débute à gauche, se propage à droite, ou l'inverse, s'ébauche en différents points aléatoires, de plus en plus nombreux et rapprochés, et se généralise enfin en une frange d'écume continue, ponctuée de l'ébranlement sonore que l'on sait, tandis que s'ourlent de blanc déjà derrière, ponctuellement les lignes de vagues suivantes... La vision panoramique et simultanée de ce déferlement non synchrone par rapport à lui-même est un vrai régal pour l'œil, et plus encore pour mon esprit.

J'entrevois ici, par extrapolation, la jouissance qu'une omniconscience, celle de Dieu, pourrait tirer d'une perception simultanée de tous les instants, de tous les lieux, de tous les évènements du Monde…! J'en suis personnellement bien loin.

(Question subsidiaire : qu'en serait-il maintenant de la réalité marine en regard d'un vécu capable de modifier son *accommodation* temporelle au même titre que la spatiale ? *Réaliser* la mer en deçà ou au-delà de sa plage habituelle d'aperception du temps, comme suggéré par Kant ? En ralentir ou accélérer le tempo de façon sensible, sans toutefois recourir aux facilités de la photo, ou de la vidéo ? La mer saisie dans un tempo mille fois plus lent ou plus rapide que celui de la vision courante ? Un semblant de réponse a été donné plus haut.)

-… !

Un cerf-volant venu s'abattre entre mes pieds m'arrache à ma contemplation méditative. Mon œil reprend d'instinct sa position d'alerte, et reconcentre son attention sur l'objet du délit. J'identifie un mâle adulte qui, bafouillant quelques excuses, vient récupérer son bien. Nouvel et fâcheux incident, mais peu grave après tout... Je me redis qu'il a peu de chances, statistiquement, de se reproduire à l'identique dans l'immédiat et me replonge dans ma vision submininale en toute insouciance...

Insouciance précaire ? Deux-trois fois par ère en moyenne, la chute en plein Atlantique d'une météorite de taille intermédiaire, 5-10 kg, venue de la ceinture d'astéroïdes de notre système solaire, engendre une vague océanique énorme, aussi haute qu'un immeuble de dix étages, un *tsunami* qui, atteignant bientôt les deux rives opposées, y balaie toute forme de vie, animale comme végétale, jusqu'à plusieurs dizaines de kilomètres à l'intérieur des terres, si le relief s'y prête... Les foules d'estivants qui, l'été venu, depuis plus d'un siècle, se pressent insouciantes sur les littoraux européens et américains peuvent se réjouir d'avoir échappé jusqu'ici à une aussi fatale échéance.

-...ne perdent rien pour attendre ! me souffle à l'oreille interne une voix malveillante.

Hypothèse (une de plus à l'actif de ma pensée) :

-La catastrophe dite *naturelle* est un bon moyen pour le Milieu bio-géologique de rappeler à l'ordre périodiquement ses ressortissants récalcitrants, qu'ils soient humains comme toi, ou plus largement animaux, voire végétaux ; de les inciter à plus de vigilance et, pourquoi pas, à plus de solidarité les uns envers les autres, autrement dit à plus de cohésion sociale - à commencer par moi...?

Interpellations...

-Attention ! *Achtung* ! *Be careful* !

Mots-clés de l'interpellation courante, rappels à l'ordre physique, physiologique, moral, social, conceptuel, et/ou spirituel des réalités de ce monde :

-Attention le ballon ! Attention les méduses ! Attention les coups de soleil ! Attention la grosse vague ! Attention à vos affaires ! Attention à vos paroles, à vos gestes, à vos pensées… !

-Votre attention, s'il vous plait, le petit Rémi a perdu sa maman ; elle est priée de venir le chercher au Poste de Secours de la plage centrale.

Appels, rappels, interpellations… Interjections et injonctions à faire ou ne pas faire ceci, cela ; à penser (ne pas penser) ceci, cela ; à être (ne pas être) comme ci, comme ça…

-Nous rappelons à l'attention des baigneurs qu'il n'est pas

hygiénique d'uriner dans l'eau. Nous attirons votre attention sur le fait qu'il est interdit de faire l'amour en public sur la plage, mais également en mer !

Interpellations plus vitales : faim ! soif ! sommeil ! trop froid ! trop chaud ! envie de pisser ! des fourmis dans les jambes !..., autant de rappels à l'ordre *naturel* des choses. Être *bien* dans ma peau, peu ou prou replié sur moi-même, n'a qu'un temps. À un moment *donné* (!), le Milieu ambiant décide de recourir aux petits et grands moyens (de pression) en sa possession pour me rappeler à l'ordre, d'une façon ou d'une autre. Il m'interpelle le plus souvent à coups de *moins-bien-être*, naturels ou artificiels, physiques ou psychiques, périodiques ou occasionnels... Les plus pressants de ces rappels, déjà évoqués, sont d'ordre physiologique, tels que boire, manger et leurs séquelles post-digestives. Le plus vif et le plus fréquent d'entre eux, l'envie de pisser ! Mais l'un des moindres en termes de dérangement personnel, car ici je peux satisfaire ce *petit besoin* sans modifier beaucoup ma manière d'être et ma façon de (ne pas) voir les choses, les gens ; je ne m'en prive pas... Debout, l'œil flou, je vais me soulager en mer, incognito ; rafraîchir mon corps du même coup. Autre besoin facile à satisfaire en bord de mer (et nulle part ailleurs en plein jour et en public) : l'envie de dormir. Allongé sur le dos, paupières baissées, je me laisse basculer dans l'inconscient, ou le semi-conscient du rêve, sans susciter - au contraire de ce qui se passerait sur un trottoir en ville - le moindre opprobre ou inquiétude autour de toi. Quant à la soif, elle est impitoyable à moyen terme, mais résistible sur le moment ; chez moi, elle peut attendre. De même la faim. Tôt ou tard cependant...

Boire et manger pour vivre. Dans le contexte biochimique de l'incarnation, ce minimum est jugé *vital*. Vital aussi, l'acte respiratoire, à ceci près qu'il *se fait* tout seul, ne requiert donc du sujet bien portant aucun effort particulier. Vital encore, mais plus ou moins selon les circonstances, s'abriter, se vêtir... De l'avis général, se procurer des *vivres* et les consommer à intervalles réguliers est pour tout être-au-monde une question de vie ou de mort, d'être ou ne pas être...

-*Être* ne serait donné que pour autant qu'on est en vie ?

Jusqu'à preuve du contraire en effet (preuve qu'*on* se garde d'éprouver), *être* ne va pas sans vivre, alors que l'inverse est possible : vivre peut se passer d'être, c'est-à-dire perdurer sans vécu sous-jacent. Preuve en est la vie végétative, ou comateuse, de nombreux organismes dits *vivants*, y compris animaux. Preuve en est également le coma, ou le somnambulisme humain...

Une pensée me vient à l'esprit : la vie sans conscience d'être, donc sans *vécu*, est probablement la manifestation biologique la plus répandue sur terre, dans l'océan, dans l'atmosphère - pour autant que l'on puisse juger de l'état de conscience ou d'inconscience, de vécu ou d'*invécu* - d'une chose vivante, ou même inerte, en se basant sur les seuls signes (de vie) qu'elle émet au dehors ?... Le non-conscient englobe par exemple une part prédominante de mes fonctions vitales. Sauf graves et rares dysfonctionnements, mes reins, cœur, foie, rate, et une bonne partie de mon cerveau *œuvrent* sans me donner signe de vie, fonctionnent dans l'invécu le plus total, *marchent* en parfaits somnambules (Dieu merci !?)... Il en passe de l'air dans mes poumons, incognito ; de même des globules rouges et blancs dans mon appareil circulatoire, sans parler des neuropeptides *transmetteurs* de vécu plus ou moins identifiés (évoqués par ailleurs)... Il en transite des nutriments dans mon appareil digestif. *Cela* (se) passe à mon insu, du moins quand tout se passe bien… Quand *ça* se passe mal, quand littéralement "quelque chose ne passe pas", un phénomène majeur se produit "au niveau de mon vécu" : la prise en compte plus ou moins *passagère* de ce-qui-se-passe, ne serait-ce que sous la forme d'un vague et sourd malaise (cénesthésie), mais parfois d'une souffrance aiguë...

-J'ai faim !

La faim m'interpelle en plein *(l)oisir* ; elle met un coup d'arrêt brutal à l'état de vacance, d'*oisiveté* et de liberté tous azimuts (de corps et d'esprit) où je me suis complu une *bonne* partie de l'après-midi. La faim *arrête* mon esprit sur un vide bien déterminé, celui de mon estomac, et sur un objectif précis, combler ce vide, et sur un problème pas toujours résolu d'avance : comment y satisfaire…? En ce qui me concerne, la chose est simple : l'hôtel où je suis descendu fait la demi-pension à un tarif tout à fait raisonnable ; l'on sert le dîner à partir de 19h30. C'est la moins contraignante des formules de vacances. Nul souci donc à me *faire* pour me procurer de la nourriture et la préparer, d'autres s'en chargent à ma place. Cela tombera du ciel tout cru ou tout cuit dans mon assiette. Je n'aurai qu'à ingurgiter, mâcher, avaler..., consommer ce que d'autres se seront donné la peine de mettre à ma disposition. Ce sera dans une heure ou deux ; aucun problème… Encore devrai-je suspendre mon bronzage *idiot*, ma méditation balnéaire, quitter la plage, et me disposer à me rendre en temps voulu dans la salle à manger de l'hôtel, correctement vêtu.

*

Remords...

Au moment de tourner le dos à l'océan en fin d'après-midi, ce drôle de pincement au cœur, cette espèce de morsure à l'âme... Tout ce temps passé (perdu ?) à ne rien faire (tu n'as pas honte !) ; ce laisser-aller passif à un flux de nature extérieure, le Temps qui passe... Que le *mouvement* soit naturel comme celui des vagues d'un *moment* à l'autre ici-même, ou artificiel dans d'autres cadres de vie (déroulement d'un spectacle en salle, à la télévision, ou dans un stade ...) ne change pas grand-chose à la *remorsure* ressentie au terme d'un laps de temps que l'on a laissé s'enfuir sans tenter vraiment de le retenir. Pouvait-il en *être* autrement ? Pouvais-je *faire* autrement ? Le temps qui passe emporte tout avec lui, l'essentiel comme le superflu...

En temps normal, il ne se passe pas grand-chose sur la plage océane. En cet après-midi, pas d'évènements majeurs et peu d'incidents mineurs à signaler (et commenter)... Personne ne s'est noyé ; nul esquif n'a chaviré ou dérivé vers le large ; aucun gros poisson ou plaque de fioul n'est venu s'échouer sur l'estran ; nulle chair nue d'estivant n'a subi de meurtrissures irréparables. Un enfant, un chien, un ballon s'est éventuellement perdu. Nombreux sans doute les érythèmes solaires qui, ce soir, vont faire surface et se montrer *cuisants*... En ce qui *me* concerne, rien d'autre à retenir qu'un choc hydrique brutal avec une vague un peu plus forte que la moyenne...

Des motifs d'autosatisfaction ? Mis à part quelques écarts mentaux, sentimentaux et comportementaux, jamais sans doute ma pensée n'a prospecté l'impensé avec autant d'audace et d'énergie qu'en cet après-midi ; jamais elle ne s'y est aventurée aussi profondément, et n'a atteint un tel degré de réussite dans la pratique égologique... Et je m'en félicite ! Poursuivre dans cette Voie...? Il n'est pas sûr que je parvienne demain - aussi propices que se (re)présentent les circonstances -, à me hisser au même niveau pourtant modeste d'égorecentrage et d'élévation spirituelle qu'en ce jour de farniente balnéaire ? Ce que je considère comme un palier, une simple étape dans l'escalade introspective, pourrait bien se révéler, avec le recul, être un insurpassable sommet ! Ce séjour à la plage, à première vue banal, pourrait rester dans mes annales comme un incomparable, mais indépassable repère lors de mes futures tentatives, réitérées mais moins *heureuses*, d'accomplissement égologique. Un pic suprême visible de loin, mais désormais hors de portée ?

Un pas de plus dans l'autodépréciation :

-Dis-toi que cette avancée "spirituelle" dont tu fais si grand cas est un processus mental tout à fait ordinaire chez les êtres doués comme toi de pensée, mais que leur propension native à l'extraversion plutôt qu'à l'introspection fait qu'ils n'attachent guère d'importance à ce genre d'avancée, qu'ils n'en retirent aucun mérite, aucune fierté, y renoncent même de gaîté de cœur...

Variante :

-Tout être doué de pensée effectue comme toi chaque jour, à l'état de veille, un voyage mental peu commun, un *trip* dans l'impensé tout à fait remarquable.

Mais le soir venu, ou même dans la journée, se brancher à quelque media remet ce genre d'exploit à sa juste place : ce qui nous est passé par la tête de personnel n'était, après tout, pas grand chose en regard de ce qui s'est passé ce même jour au dehors, dans le monde extérieur, proche et lointain. Passons à autre chose…

Passer à table : *rumination* dans les deux sens du mot. De toutes les activités humaines, la manducation solitaire est ce qui s'apparente le plus à une méditation. Le Langage, toujours éloquent, ne s'y trompe pas : l'ingestion-digestion alimentaire s'accompagne volontiers d'une activité cérébrale intense, à défaut d'être profonde… L'œil vide, mais la bouche pleine… Tandis qu'on me passe les plats et que les aliments transitent par mon appareil digestif, ce qui me passe par la tête est loin d'avoir l'élévation plus ou moins périlleuse des pensées que je *nourrissais* une heure plus tôt sur la plage, face à l'océan... Mes pensées de table sont plus terre à terre et empreintes d'une certaine suffisance ! L'estomac comblé s'apparente et s'accorde chez moi, comme sans doute chez mes congénères, au devoir (social) bien *rempli* : un contentement de soi plus vaniteux qu'égologique… Ventre plein est par surcroît enclin à la convivialité et à la bienveillance tous azimuts… Le bien-être alimentaire s'accompagne donc d'un tropisme positif à l'égard de la communauté humaine. Je me tourne volontiers vers mon voisin de table pour un brin de con*versation*.

-La soupe est bonne, ce soir, passez-moi le sel, s'il vous plait…

-La mer est bonne, quoique un peu froide…

-Moi je la trouve un peu salée. Etc…

(Remarque facultative : ventre trop-plein, de son côté, n'a pas d'oreilles ; l'excès de nourriture peut déboucher sur la nausée et sur une forme d'extra*version* peu ragoûtante, le vomissement !)

Provocation...

Outre le recours régulier aux nécessités vitales, le Milieu socio-humain dispose d'autres modes d'interpellation pour contrer les repliements sur soi excessifs de certains de ses ressortissants, notamment en vacances. Le plus notoire de ces recours est la *provocation*. Celle-ci (*vocale* mais pas exclusivement) intervient sous deux formes à première vue opposées, en fait complémentaires : l'agression et la séduction... L'*agression*, on l'a vue, est multiforme : une vague me submerge ; un ballon ou un cerf-volant me tombe dessus ; un malotru me piétine et m'ensable soi-disant par inadvertance; une odeur pestilentielle envahit mes narines ; un appel de téléphone mobile pollue mes oreilles... D'autres fois, c'est un intempestif changement de temps (météorologique) qui se charge de troubler ma quiétude, perturbe ma méditation. (L'*averse* est le type même - l'archétype - de l'*adversité* pour quiconque se tient demi-nu sur la plage ; une contrariété particulièrement redoutée et ressentie à l'occasion d'un pique-nique)... La *séduction,* de son côté, prend un tour plutôt singulier. Forme plus subtile de provocation, moins variée mais non moins efficace que l'agression, elle s'adapte aux faiblesses spécifiques de chacun (séduire = conduire à soi ; « suivez-moi jeune homme ! »)... Celle susceptible de s'exercer sur ma personne en milieu balnéaire prend principalement la forme d'une silhouette et/ou d'un visage féminins. Une belle fille de passage accroche mon regard et l'entraîne à sa suite, parfois sur une longue distance, par exemple une dizaine de mètres en ligne droite sur la plage, ou d'un bout à l'autre du grand hall de l'hôtel... Piège cependant simpliste auquel l'estivant chevronné que je suis devenu avec l'âge ne se laisse plus prendre aussi aisément... L'on n'en finirait pas de regarder passer les filles plus ou moins dénudées et bronzées qui valent le coup d'œil, dans une station balnéaire normalement fréquentée... Mais en matière de séduction (*sex*-duction), le Milieu peut pousser plus loin la provocation. Même après des années d'expérience amoureuse et d'usure biologique ininterrompue, l'aire visuelle du cortex de l'hétérosexuel moyen (que je suis) reste anormalement sensible à certaines *ouvertures* (ou présumées telles) d'origine féminine : l'échancrure d'un corsage, la fente d'une jupe, l'entrebaillement d'une paire de cuisses, la hardiesse d'un regard, un simple clin d'œil..., autant de stimuli d'extraversion toujours très efficaces à mon endroit : ils me mettent facilement en émoi (é-*moi*), c'est-à-dire *hors de moi*...! Les yeux *exorbités* par la concupiscence du loup chez Tex Avery illustrent excellemment ce phénomène.

*

-Vous jouez ? me demande-t-elle en plantant son regard noisette dans le mien.

J'adore qu'une jeune-fille, ou femme, me regarde ainsi, droit dans les yeux ! C'est leur façon à *elles* de vous faire savoir ce qu'elles pensent de vous quand elles ne peuvent ou ne veulent l'exprimer verbalement. Et si le message oculaire contient plus que de la sympathie, s'il exprime une attirance certaine, voire un certain désir, s'il m'*intime* de réagir positivement, j'en suis, non pas à proprement parler *intimidé*, mais tout ému, et ne résiste guère à l'invite qui m'est faite, même si la fille ne me plaît pas outre mesure...

-Je ne joue pas très bien, dis-je en prenant la raquette d'une main, la petite balle de l'autre, abandonnées en bout de table par le précédent joueur...

Le ping-pong (jeu d'échange par excellence) exige une attention visuelle intense et soutenue, a priori peu compatible avec le flou oculaire auquel j'ai réussi à m'astreindre sur la plage, ce minimum visuel que j'ai su maintenir au-dessus de mon assiette pendant tout le dîner, et dont je me suis en quelque sorte promis de perpétuer les bienfaisants effets le plus longtemps possible, envers et contre toute sollicitation oculaire. Suivre constamment la balle blanche des yeux ne va-t-il pas à l'encontre d'un tel projet...?

C'est à voir... Un regard efficace n'est pas forcément concentré, ni contracté. À l'inverse, un regard attentif se disperse parfois en d'incessantes oscillations et balayages trop saccadés pour être visuellement efficaces... En l'occurrence, le flou que j'impose ici à mon regard (décontraction du cristallin) ne m'empêche pas de suivre en permanence, sous la forme rudimentaire d'une traînée blanche, la trajectoire du petit projectile en celluloïd et ses rebonds capricieux de part et d'autre du filet. Pour détendre conjointement mes muscles, je m'abstiens de battre des paupières et maintiens l'axe de ma vision globalement dans la bonne direction par déplacements appropriés de tout mon corps. Mieux encore, ne pas ciller du tout me permet d'embrasser à tout instant - à l'instar des mouvements de la mer tantôt - la trajectoire de balle dans sa totalité et d'anticiper en quelque sorte son point d'arrivée à partir de son point de départ, ce qui facilite son renvoi. Autre avantage : ma décontraction oculaire gagne par contagion tous mes neurones cérébraux, en chasse les pensées parasites, si préjudiciables au suivi de la balle, détend de proche en proche la totalité de mon être, notamment mon bras droit et mon poignet, ce qui facilite beaucoup leurs mouvements...

« Ne pas perdre de vue la balle, ne pas cligner des yeux, m'abstenir de toute distraction mentale ; voilà qui doit valoir aussi pour le tennis...? Un truc élémentaire qu'on aurait dû m'apprendre dès la première leçon, quand j'ai tenté sans grand succès de m'initier à ce sport l'an dernier... » est la réflexion qui me vient naturellement (?) à l'esprit... Réflexion non seulement oiseuse mais inopportune, car elle a pour effet négatif de distraire mon esprit de la sphère de celluloïd au moment de la frapper et de me faire manquer son renvoi : un point donc pour *elle*.

Retour à mon projet d'économie oculaire et d'abstention verbalo-mentale : tâcher d'exclure de ma perception et de ma pensée tout ce qui n'est pas la balle. Ne plus même regarder mon adversaire ; ne visionner d'*elle* que la main et le bras mouvants, côté droit ; ignorer le reste de sa personne, notamment son visage, au risque de la vexer. Cela n'a pas tardé :

-Ho, hé ! Où êtes-vous ? me lance-t-*elle* en stoppant nos échanges de balle et en agitant sa raquette à hauteur de mes yeux, lesquels, à chaque intermission, se perdent spontanément dans la contemplation du mur situé juste derrière *elle*, c'est-à-dire dans le vide, en attendant la prochaine balle.

-Hè, ho ! je suis ici ! réitère-t-elle...

J'y suis aussi à ma façon. Je suis tant et si bien *au jeu* que je gagne sans grand peine la première manche (21/16), et plus facilement encore la seconde (21/12), ce qui exclut de disputer la *belle*...

-On continue ? On fait des balles ? me propose-t-elle.

Faire des balles dispense de compter les points, *fait* donc l'économie d'une opération coûteuse en énergie mentale. J'aurais donc mauvaise grâce de refuser… D'autant que dans l'état de semi-rêve euphorique où je me trouve, les trajectoires de balle semblent s'effectuer d'elles-mêmes. Et ce malgré l'obscurité qui, venue du dehors entre-temps, gagne peu à peu tout le local…

Envahissement graduel, presque insensible, du crépuscule extérieur, auquel l'œil s'habitue jusqu'à un certain point. Tôt ou tard, cependant, *elle* et moi cherchons l'interrupteur, mais ne le trouvons pas. La salle n'a pas d'éclairage électrique. Qui donc d'*elle* ou de *moi* va (se) décider à mettre un terme au va-et-vient de plus en plus aléatoire et spasmodique de la petite sphère blanche ?

-Bon, on n'y voit plus rien... On arrête ?

Indécision de part et d'autre... *Va-et-vient* instinctif, prémonitoire...? Chaque nouveau coup de raquette de l'un renvoie dans le camp de l'autre la responsabilité de ce qui va (doit ?) advenir, tout en y souscrivant d'avance. Chaque *toc* souligne que ce qui est en jeu ici-maintenant n'est plus vraiment la balle, une balle de moins en moins visible, de plus en plus insaisissable (que nous passons désormais plus de temps à chercher aux quatre coins de la salle, ou à quatre pattes sous la table, qu'à frapper de façon effective), mais quelque chose de plus sérieux pour *elle* comme pour moi...? Les rires et plaisanteries un peu forcés dont nous ponctuons nos mouvements laissent entendre que l'*enjeu* a changé de nature. Notre ping-pong initial s'est mué en une sorte de colin-maillard à deux protagonistes aveugles, tâtonnant dans le noir... Une manœuvre d'approche *conjointe* qui n'arrive à sa conclusion qu'au moment où, s'extrayant et se redressant en même temps de sous la table, nos deux corps viennent à se heurter et s'identifier mutuellement, à s'explorer alors avec fébrilité dans le noir, et où nos deux visages, aspirés l'un vers l'autre, se trouvent enfin soudés l'un à l'autre par la double ventouse buccale !

-Cela n'arrive pas qu'aux autres, et pas seulement dans les romans ou dans les films ! est la pensée fugace qui me vient à l'esprit, tandis qu'*elle* se renverse sur la table de ping-pong, relève sa jupe et du même coup ses jambes, qui, s'élevant du sol, viennent ceindre mes reins...

Il s'en passe des choses au milliardième d'ère ! Mais dans le feu de l'action, que de détails perdus, c'est-à-dire peu ou pas vécus. La descente à la hâte de mon short et mon slip sur mes talons pour libérer mon sexe tendu, tandis que, s'agissant de sa culotte, je ne peux dire... Quand l'a-t-elle retirée ? N'en portait-elle pas ? Dans ma hâte, suis-je passé à travers ou par le côté, difficile à dire...? L'essentiel se ramène à ceci

: *je* suis à présent contre *elle* de tout mon ventre, en elle de tout mon sexe, debout, légèrement penché sur *elle*, tandis qu'*elle* me tient aux épaules à deux mains, que ses jambes ceinturent ma taille d'une prise ferme et que nos mouvements conjoints impriment une oscillation régulière à la table de ping-pong... Le centre de mon vécu (ma *concentration*) est passé d'un coup de ma tête dans la pointe de mon sexe. L'on est loin de l'*élévation* spirituelle antérieure ! Mais je me dis en un éclair que le regret de l'occasion manquée pourrait être à long terme plus préjudiciable à ma santé égologique que mon laisser-aller momentané à un accès d'extraversion somme toute bien agréable.

*

Le *va-et-vient* le plus intensément et le plus agréablement vécu par ma personne *physique* (et de ce fait le moins susceptible d'être remis en cause par ma personne *morale*) est celui de mon sexe dans celui de l'une ou l'autre de mes partenaires, régulières ou occasionnelles... Cette montée parallèle du plaisir et du liquide séminal à la pointe extrême de mon être jusqu'à l'éjaculation finale, explosive ! Tout le contraire de la monotonie qui, d'ordinaire, caractérise les autres mouvements routiniers de mon existence, biologique et/ou sociale. L'aller-retour si pénible que m'impose l'alternance *boulot-dodo*, ou *vacances-rentrée*, connaît dans la routine sexuelle une *réalisation* inhabituellement jouissive qui fait son prix ; source en tout cas pour moi d'un bien-être sans égal et jusqu'ici sans cesse renouvelé.

-Pourvu que ça dure !

Hypothèse : de l'inframonde des atomes à l'extramonde des étoiles, en passant par *notre* monde biosocial, le Réel se réalise universellement sur le mode du va-et-vient, de l'aller-retour routinier, ou mieux encore du cycle... Mouvements pendulaires et/ou circulaires les plus patents et les plus réguliers régissant l'existence humaine : l'alternance jour-nuit, veille-sommeil, guerre-paix, la ronde des saisons, des jours ouvrés et de congé, les tours, tournées, tournois et cycles en tous genres programmés par la sphère socio-médiatiques dans le domaine sportif et "culturel". (Le *tourne-en-rond*, condition première du *ça tourne rond*…?) Moins évidents et plus aléatoires, mais tout aussi constants, au niveau de ma personne, les mouvements d'oscillation de mes globes oculaires ou le cillement de mes paupières. Encore plus erratique et intangible, l'agitation pendulaire ou circulaire, bi- ou multipolaire de mes pensées dans mon cerveau. L'*oscillateur* cérébral : ma matière grise jamais en repos, mon attention incapable de rester fixée sur l'ici-maintenant, mon esprit ne tenant pas en place, *zappeur* invétéré. Agitation physique, cogitation psychique, laquelle est l'épiphénomène de l'autre ? Tout prétexte m'est bon pour sortir mentalement et/ou sensoriellement d'une fixité jugée à tort ou à raison peu supportable, voire dangereuse, parce qu'elle préfigure la mort ?

L'être-au-monde que je suis oscille donc constamment, via ses facultés physiques et/ou mentales, entre droite et gauche, devant et derrière, dedans et dehors, proche et lointain, ici et ailleurs, passé et futur, souvenir et anticipation, regret et projet, régrès et progrès, autant de façons d'éviter tout contact prolongé avec l'*être* pur et simple ? J'en ai conscience, mais n'en tire pas toujours les conséquences. La dispersion chronique de mon esprit à l'initiative du Milieu (via notamment les médias) affaiblit de façon automatique ma présence au présent ; d'où résulte, au fil des ans, cet appauvrissement sensible de mon vécu direct des réalités de ce monde, en particulier la mer. Si je *la* vis encore parfois avec intensité, c'est de façon fugace, éphémère... J'ai longtemps pensé que ma faculté d'émerveillement de base était en cause, qu'elle s'était émoussée avec l'âge, alors qu'en fait, et de façon beaucoup plus radicale, l'affaiblissement observé porte sur ma faculté d'être. Adulte socialisé et connecté à de multiples médias, je ne suis plus aussi intensément (présent) à la réalité marine, ni aux choses naturelles en général, que je l'étais enfant, j'ai désormais la tête ailleurs... *Ailleurs* doit être entendu ici au sens large et originel d'*autrement*, aussi bien temporel (*autrefois*) que spatial (*autre part*). Comme indiqué précédemment, l'ailleurs spatial s'étend tous azimuts à l'infini et l'ailleurs temporel s'enfonce infiniment dans l'antérieur ou passé (*autrefois*) et par projection symétrique, dans le postérieur ou futur (*une autre fois*). Avoir la tête ailleurs, tiraillée dans les quatre dimensions de l'espace-temps, diminue forcément ma faculté personnelle d'*être* ici-maintenant et favorise en moi la perception de la réalité médiate aux dépens de l'immédiate. Processus tout à fait logique... et somme toute banal. D'embryonnaire qu'il était au départ, mon sixième sens (celui de la relation médiate avec le monde) s'est développé et même hypertrophié avec l'âge aux dépens des cinq autres, ceux du contact sensoriel direct, au point de l'emporter sur eux la plupart du temps…

Et j'ai beau analyser cette situation critique avec lucidité et persévérance, comprendre de mieux en mieux le rôle des interférences et parasitages mentaux exogènes (médias) dans mon affaiblissement égologique, établir à ce sujet le diagnostic *ad hoc*, cela n'amène aucune guérison, ni même amélioration durable de mon état. J'ai beau m'exhorter à faire le ménage dans mes méninges : « Cesse un instant tes commentaires, tes réflexions, chasse tes préoccupations, calme tes impatiences, annule tous tes projets et rendez-vous, renonce à tes désirs et ambitions, abstiens-toi de tout jugement et opinion, fais taire ta nostalgie et tes regrets, retrouve enfin le pur et immédiat contact que tu avais, enfant, avec la mer, etc... », rien n'y fait. Par elle-même, cette exhortation un peu trop appuyée constitue un écran supplémentaire entre la réalité et moi.

*

Passif...

Tout compte fait, il ne s'est pas passé grand-chose au cours de ces vacances d'été (pas grand-chose à mettre à mon *actif*). Il ne se passe jamais grand-chose au cours de vacances ordinaires... Et pourtant, au moment de tourner le dos à la mer pour de bon et d'entrer à nouveau profondément à l'intérieur des terres, ce serrement de cœur..., cette étreinte de tout mon être ? Ce sentiment soudain, très fort, que durant ces quatre semaines passées à Issy-sur-mer, quelque chose à la fois d'essentiel et de discret, de patent et de mystérieux s'est passé, quelque chose que, par négligence coupable ou réelle impuissance, j'ai laissé passer ?

-Le temps bien sûr, tu en as déjà parlé.

« Vacancier, qu'as-tu fait de ton temps libre ? As-tu obtempéré aux malignes objurgations du Malin - via les médias - de ne pas bronzer *stupide* ? ou, au contraire, profité de ce temps libre qui t'était octroyé pour t'arracher enfin aux multiples tentacules de la pieuvre médiatico-culturelle et réaffirmer ton *idiotie* originelle face au Monde...? Durant ce congédiement temporaire dont tu viens de *bénéficier* de la part du milieu socio-professionnel, as-tu fait tout ce qu'il t'était égologiquement possible de faire pour empêcher le temps de poursuivre son inexorable course vers l'issue fatale...? As-tu consacré chaque instant de ce temps en principe à toi à ne rien faire, sinon bronzer "idiot"... ? L'as-tu employé de façon exclusive à examiner le pourquoi et le comment de la fuite du temps, ainsi que les éventuels moyens de la colmater…? »

Honnêtement, non. Capable, dans une certaine mesure, d'appréhender et maîtriser mes largesses oculaires, ainsi que le flux verbalo-mental afférent, j'ai par contre échoué (piteusement ?) à juguler ce courant sous-jacent primaire et essentiel qu'est l'écoulement du temps. Je n'ai même pas été capable d'en caractériser la nature fuyante…

-Reconnais au moins que le temps ne t'a pas manqué ces derniers temps. Est-il encore temps ?

Penser qu'il n'est pas humainement possible d'empêcher le Temps de suivre son cours et d'arriver à échéance(s), *passe encore*…! Mais ne pas examiner les raisons de cette impuissance, ne pas même envisager les modalités pratiques de cette (im)possibilité, bref, ne pas mettre en question le *cela-va-de-soi* temporel quand celui-ci, occasionnellement, s'y prête, relève à n'en pas douter d'une négligence coupable de ma part... Ma fuite, non pas *dans* le temps, mais *devant* lui, devant l'énigme qu'il pose en permanence à ma pensée est en effet un grave manquement au devoir-être… Devoir de vacances : « Penser à *être* » m'étais-je promis au seuil de mon congé annuel. Mieux encore : « Penser *être*... ». *Être* est sans doute le seul devoir dont le défaut d'exécution est passible d'une sévère sanction spirituelle : le non-être !

-*Être*, quoi de plus facile ? intervient immanquablement en moi cette voix, à la fois étrangère et familière, émanant du sens commun, ou bon sens… *Être*, cela se *fait* tout seul, voyons, cela va de soi. Le difficile est de tenter quelque chose pour s'en empêcher (suicide)... *Être* est la chose la plus banale, la plus facile qui soit ; l'on n'a qu'à se laisser *être*. Et puis, franchement, il y a mieux à *faire* qu'*être*, même en vacances (pour qui ne veut pas se contenter de "bronzer idiot"), tant à *faire* par ailleurs ! tant d'échéances proches et lointaines à honorer. Dont, bien sûr, la grande échéance de la Rentrée, etc...

Échéance→ échec…
N'avoir rien pu faire pour empêcher le temps de passer, passe encore ; mais l'avoir laissé passer sans réussir à ne rien faire du tout (*farniente*), ne pas être resté impassible à son passage est un échec patent, sinon cuisant… L'*impassibilité* n'est pas mon fort, j'en conviens. L'âge aidant (!), j'en viens même, parfois, à faire mienne l'idée tordue (autant que répandue) selon laquelle le regret d'avoir laissé le temps passer, en toute impuissance, est tout de même moins vif, le remord moins mordant, le sentiment de responsabilité personnelle très atténué, si l'on a *fait* quelque chose plutôt que rien, et si possible *fait œuvre utile* ; si l'on s'est par exemple livré à des activités sociales d'ordre touristique, culturelle, voire humanitaire ou criminelle, peu importe, plutôt que s'être laissé aller au *farniente* pur et simple ou, pire encore, à des pratiques égologiques inavouables…

Échéance → échec, mais aussi *rendez-vous → reddition*... Délibéré ou fortuit, l'apparentement de ces deux couples de mots par le Langage ? Une façon pour lui de souligner (à mon intention ?) un aspect fondamental de ma relation au temps et de me faire *entendre* clairement que "me rendre à", c'est m'y soumettre ?... Le grand Rendez-vous de la Rentrée se concrétise en redditions multiformes. Certaines ne peuvent être éludées sans dommages pour ma vie tant sociale que biologique, par exemple le retour au boulot, la vaccination antigrippale, la séance chez le dentiste, le versement du tiers provisionnel... D'autres rendez-vous sont au contraire

franchement facultatifs : reprises d'activités non vitales comme le chant choral ou la philharmonie municipale, les réu-
nions familiales et assemblées générales d'associations en
tous genres, culturelles, caritatives, sportives ; tournois locaux, régionaux, nationaux de ping-pong, bridge, rugby,
etc... Éluder le ludique est à ma portée. De même, le grand
rendez-vous d'information du soir à la télévision (le soi-
disant "incontournable" *vingt heures*) ne répond à aucune
nécessité vitale ; le *manquer* ne présente aucun risque majeur
pour ma vie personnelle (sauf cas exceptionnel de grande
catastrophe annoncée, à laquelle, dûment informé, j'aurais
pu me (pré)parer ?)... De même, à d'autres échelles de
temps : le rendez-vous dominical du tiercé, celui annuel du
prochain Tour de France (onze mois d'attente !), celui qua-
driennal des Jeux Olympiques, et autres cycles à forte connotation ludique, donc futile, peuvent être manqués par tout
individu soucieux comme moi d'égologie, sans conséquence
irréparable pour sa survie (mais en portant atteintes évidemment aux intérêts des professionnels du sport et des médias).
Me rendre pour le plaisir ou pour « faire comme tout le
monde » aux rendez-vous futiles et facultatifs de la rentrée
constitue de ma part, j'en conviens, une *reddition* en bonne et
due forme au sens commun, c'est-à-dire une *restitution* vo-
lontaire de mon être singulier à la collectivité plurielle, *i.e.*
une diminution de celui-là au profit de celle-ci. Un échec
patent, mais ressenti de façon plutôt vague, comme sous an-
esthésie partielle ; comme si, pour atténuer le caractère douloureux de cette grande échéance annuelle, le Milieu s'effor-
çait, s'ingéniait même, à la fractionner en de multiples échéances secondaires, plus ou moins futiles, factices, artificiellement excitantes, abondamment médiatisées... Les petits et
grands évènements de la Rentrée : salons divers, d'Auto,

d'Automne, défilés de Mode, Prix littéraires, rentrée parlementaire, foires aux vins, forums en tous genres... Donner le change, tromper son monde, tâche primordiale impartie aux médias.

-La Rentrée est une Fête ! proclame cyniquement la Publicité.

(Les échéances à court et moyen termes ne sont pas qu'automnales, elles surgissent tout au long de l'année et au fil des ans, se dressent à l'horizon du Temps comme autant de cloisons virtuelles pour délimiter nos temps de vie individuels et collectifs ; isoler nos petites histoires personnelles de celle de l'Univers ; soustraire l'infime laps de temps de notre présence *actuelle* au monde à l'action dissolvante de l'infinie nuit des temps... Ces cloisons temporelles font manifestement pendants aux multiples cloisons spatiales disposées de tous côtés par la Nature et le Milieu social pour protéger notre petit monde - aussi bien nos âmes tendres que nos corps fragiles - non seulement des intempéries terrestres, mais plus encore de l'Infini cosmique ! Ma prédisposition personnelle, innée et/ou acquise, aux prévisions et aux projets en tous genres me conduit à m'*accommoder* de (à) ces échéances intermédiaires aussi spontanément que j'accommode ma vision oculaire à l'entre-deux spatial du monde fini. Mes *pré*occupations mentales à court et moyen termes laissent ainsi peu de place au sentiment débilitant que peut faire naître en moi la (pré)vision du plus long terme, l'arbitraire et inéluctable Fin...)

Échec en tout cas cuisant pour tout estivant que ce quart de tour saisonnier irréversible effectué par la roue de la routine cosmo-météorologique à la fin de l'été. La Nature elle-même, à l'exception notable de la mer, accuse le coup. Raccourcissement des jours, flétrissement et chute des feuilles, transhumances et migrations humaines et animales... Dans ces moments-là, la *fuite* inexorable du temps (écho douloureux d'une fuite d'être personnelle toute aussi irrémédiable) est particulièrement ressentie, la caducité saisonnière préfigurant une autre : l'ultime et fatale échéance du décès, la déchéance finale...

Ne peut-on lui faire échec ? Échapper à la *rentrée*, ou les bons moyens de s'en *sortir*... L'heureux *sort* peut advenir de deux façons, du reste complémentaires : 1) extraction personnelle de la masse anonyme de ses semblables ; 2) arrachement au cycle fatal des échéances, sinon biologiques, du moins sociales. Selon l'adage déjà cité : « C'est dans les petites choses qu'on vient à bout des grandes » ... Solutions de continuité envisagées par mon esprit, sans trop de conviction, quelque temps avant la fin des vacances : une inespérée bonne fortune me procure les moyens financiers de ne pas reprendre mon poste de travail ; un heureux coup du sort me permet de démissionner de mon emploi sans le préavis d'usage, sans même en aviser la direction de l'Entreprise, ni reprendre le moindre contact avec mes ex-collègues... Un arrachement aussi radical à la routine laborieuse n'est pas totalement chimérique :

-Ce sont des choses qui arrivent...

Les médias m'en rapportent périodiquement et complaisamment (sadiquement ?) quelques cas concrets alléchants, sinon très édifiants, propres à entretenir mes espérances : un gain substantiel à un jeu de hasard (loto, tiercé, casino...) ; un héritage imprévu (Oncle d'Amérique) notifié à l'intéressé par courrier notarial ; l'heureuse rencontre balnéaire avec une jeune héritière tout à la fois belle, fortunée, éprise, « la

chance de ta vie ! »..., solutions (de continuité) vraisem-
blables à défaut d'être courantes... Autre cas de figure plus
banal et du même coup moins reluisant : l'Entreprise qui
m'emploie connaissait depuis quelques temps de graves difficultés financières et profite de la période estivale pour fermer ses portes de façon définitive ; elle en avise cavalière-
ment son personnel par courrier recommandé... Libre à moi,
en la circonstance, de prolonger mes vacances sur place, si le
cœur m'en dit et si mes finances me le permettent.... Autant
de solutions fondées sur le hasard, donc indépendantes de ma
volonté, et de ce fait peu méritoires, ni très glorieuses. Et qui
ne règlent toujours pas la question de l'ultime Échéance, ce
pas de trop dans la dimension du temps, le bien nommé *trépas*.

Pour m'en tenir aux échéances intermédiaires, ne pas écarter totalement la possibilité de ruptures biographiques non
imputables à des facteurs fortuits et conjoncturels comme ci-
dessus, mais résultant d'une évolution intérieure toute personnelle - la seconde susceptible d'entraîner les premières ?
À défaut d'un chambardement drastique de ma situation socio-professionnelle, l'effort égologique entrepris ces derniers
temps, favorisé qu'il a été par le côtoiement de la mer, ne
peut-il déboucher sur un état de béatitude avancé et stable,
grâce auquel ma vie quotidienne, sans en être concrètement
modifiée, se présenterait sous un *jour* différent : quelque
forme de vie éternelle...? N'ai-je pas goûté tout récemment
de rares et courts moments d'extase ? N'ai-je pas fait craquer
le carcan de la *Weltanschauung* usuelle ? Ne suis-je pas parvenu à modifier tant soit peu mon accommodation visuelle et
ma disposition d'esprit globale à l'égard du Monde ? Ne
puis-je faire de cette commutation un *état* permanent, défini-

tif, envisager un grand boule*versement* psychique qui, in-*versant* radicalement ma propension sociale à l'extra*version*, ferait passer sous son contrôle l'automatique basculement mental dedans-dehors, modifierait du tout au tout ma manière d'être, orienterait mon fâcheux penchant au sens commun dans le sens d'une intro*version* irréversible...?

-On peut toujours rêver.

*

L'égologiste

Une fois trouvée sa place dans le compartiment et déposée sa valise dans le porte-bagages, l'égologiste n'a aucune peine à recouvrer son quant-à-soi. Une acuité visuelle réduite des deux tiers lui suffit pour se laisser conduire jusqu'à destination, d'autant qu'il voyage de nuit et que le terme de son trajet coïncide avec le terminus. Bonne occasion de vérifier *in vivo* qu'appliquer aux choses et aux êtres autour de lui sa nouvelle façon de (ne pas) les voir le dispense d'une identification en règle. Il individualise en gros *ses* compagnons de voyage comme homme ou femme, jeune ou vieux, gros ou mince, grand ou petit, mais rien de plus. Pas de précisions visuelles inutiles, notamment esthétique ou empathique... Cette jeune fille par exemple, assise sur la banquette en face de lui, dont il a d'entrée heurté le pied par mégarde et qui en réponse a touché le sien - leurs deux pieds se trouvant désormais en contact à peu près constant -, il ne saurait dire au juste si elle est "jolie" ou "laide", "sympa" ou pas, et ne veut pas le savoir. L'indifférenciation est la clé de l'économie égologique... Cette manière d'être, expérimentée lors de son séjour au bord de la mer est pour l'égologiste source d'un mieux-être spirituel indéniable, qui vaut d'être prolongé. En somme, la signature personnalisée que (re)présente habituellement le visage d'autrui aux yeux d'un bien-voyant, il la voit floue, il la veut illisible. Elle échappe du même coup à tout examen critique de sa part... Mais cette attitude (cette mauvaise manière d'*être*) à leur égard ne peut manquer de provoquer, au bout d'un certain temps, une certaine gêne parmi les (non)intéressés. Pis encore, cette non-accommodation visuelle dont ils sont l'objet les "incommode". Elle contrevient au *modus vivendi* le plus élémentaire en vigueur ici-bas, qui veut que chaque individu participe à l'effort collectif de réalisation du Réel... Même la jeune fille se vexe de ne pouvoir capter le regard du bel homme bronzé assis en face d'elle et lui retire son pied en guise de représailles. Le refus d'identification est la pire offense qu'on puisse se faire les uns aux autres en ce bas-monde, surtout en petit nombre dans un espace compartimenté... La gêne et la réprobation naturellement se dissiperaient, et mieux encore, se mueraient en sincère compassion, si l'homme était porteur de lunettes noires, et/ou d'une canne blanche. (Un reproche qu'on ne peut manquer de *lui* faire ici, un reproche que du reste il s'adresse à lui-même de temps à autre : brouiller ainsi de façon délibérée sa vision du monde extérieur lorsqu'on jouit d'une bonne vue, n'est-ce pas une offense faite au Créateur, à tout le moins aux malvoyants, un outrage dont on pourrait avoir à rendre compte un jour ou l'autre, d'une manière ou d'une autre...?) Il *les* regarde en face. Ses yeux sont visiblement normaux, nullement éteints, mais leur double rayonnement X ou "laser" se focalise en deçà ou au-delà de leurs personnes, leur traverse le corps sans les voir…

Ce qui d'entrée les indisposait et les incommodait suscite à présent leur animosité. De son côté, l'égologiste ne peut ignorer tout à fait les efforts non seulement verbaux mais gestuels déployés par ses soi-disant "compagnons" de voyage pour capter son attention, amener celle-ci à mettre au point ("accommoder") son optique binoculaire sur (à) leurs petites personnes, et intégrer de force sa personne même à cette petite communauté humaine toute provisoire, mais vite soudée, qu'est un compartiment de chemin de fer voué à un long trajet... La jeune fille heurte à nouveau son pied du sien à deux ou trois reprises, comme pour le réveiller, en vain. Pour le "décontenancer", elle n'hésite pas maintenant à écarter un peu les genoux et relever impudiquement sa jupe d'été sur ses cuisses bronzées, de manière à former un entonnoir fascinant propre à piéger (sait-on jamais ?) le regard de l'indifférent ! Mais rien n'y fait ; peines perdues de la part de tous... Son bien-être en cet instant est trop intense, trop savoureux (accentué, semble-t-il, par le roulement euphorisant du train) pour qu'il veuille en dissiper la moindre goutte à l'extérieur.

Euphorie, transports…

L'étymologie assigne une ascendance commune à ces deux mots, dont *on* se promet de vérifier l'exactitude, une fois rentré chez soi, dans le "Dictionnaire historique de la Langue française" des éditions Robert. Mais *quid* alors de la détente du cristallin...? *Transports* s'entend ici dans un sens collectif, car l'*irresponsabilité* attentionnelle permise en train serait évidemment risquée et peut-être même funeste dans un autre contexte, par exemple *au* volant d'un véhicule individuel. (Paradoxe qui n'en est un qu'en apparence : l'*autisme* s'accommode mal de l'*automobilisme* !) Une fois n'est pas coutume, l'égologiste se laisse aller ici voluptueusement au transport de masse, ce substitut d'orgasme si décrié par lui en d'autres circonstances.

"Les yeux en face des trous", locution courante pour caractériser une vision normale de ce qui se passe. Mieux vaudrait sans doute dire "le *moi* en face des trous", l'attention bien tendue dans l'axe des orifices oculaires (ou *regards*)... Une telle (dis)position rend le *moi* plus enclin à filer tout droit au dehors et s'y répandre *incontinent* que si on lui assigne, comme fait l'égologiste, une position plus en retrait. Ce faisant, seule une frange de son *moi* affleure au niveau de son regard et s'épand modérément à l'extérieur, lui fournissant juste ce qu'il faut d'informations spatiales pour se mouvoir sans peine ni danger dans les couloirs ou les toilettes du train et, a fortiori, rester tranquillement assis dans son coin-fenêtre, dans le sens de la marche... (Remarque : une acuité visuelle réduite des deux tiers suffit à se diriger dans la vie ordinaire, dès lors qu'on se déplace à pied, ou qu'on se laisse aller au transport collectif ; si tous les aveugles disposaient d'un tel minimum visuel !)

Rétention...

Retenir le plus gros de son attention en son for intérieur, à son seul profit ? Outre un réel mieux-être intérieur, le bénéfice externe que lui apporte sa "retenue" d'être saute aux yeux de l'égologiste. Dérogeant à sa nouvelle règle hygiénique de vie et laissant son regard vague vaquer de ci de là, se prendre occasionnellement au reflet subreptice d'une des innombrables vitres dont les trains sont à dessein prodigues, il y découvre un visage détendu, un air serein presque rayonnant ! C'en est fini, *lui semble-t-il*, de l'expression hagarde qu'il a parfois surprise au hasard des miroirs, ou observée sur photos prises de sa personne contre son gré, cette vision de lui-même "à la dérobée" qui jusqu'ici lui serrait le cœur", l'air "mauvais" en a disparu. Mais peut-il en juger vraiment à partir d'un aussi furtif coup d'œil ? Extrapolation hasardeuse de sa pensée :

-L'air tendu, crispé, que tu surprends sur de nombreux visages autour de toi quand, en milieu urbain, tu te donnes la peine d'*accommoder* sur eux (ce dont tu t'es juré de t'abstenir dorénavant), l'air hagard que la plupart arborent à l'état naturel mais corrigent instantanément dès qu'ils se savent regardés (et a fortiori quand tu t'adresses à eux), trahit chez tous ces gens une disposition intérieure assez semblable à celle qui était la tienne hier encore et que tu viens de rectifier. La mobilisation générale des regards en faveur du monde extérieur résulte donc d'un conditionnement social égologiquement néfaste, auquel nul en principe n'échappe…

-Mais alors, et selon cette même logique, que penser de l'air béat affiché en permanence par certains individus, que d'aucuns parmi nous qualifient un peu vite d'*imbéciles heureux* ? Est-ce le reflet chez ceux-ci d'un état de détachement intérieur sous-estimé et même insoupçonné du dehors ? Cela correspond-il à un degré de béatitude supérieur à celui auquel je pense être parvenu ces temps derniers...? Me méfier des extrapolations hâtives et de leur entraînement irrésistible hors de moi-même vers les lointains...

Il lui faut en tous cas se garder des identifications, certes furtives mais de plus en plus fréquentes, opérées au hasard des surfaces réfléchissantes (si nombreuses dans un train, notamment la nuit), identifications dont il fait bénéficier malgré lui quelques visages ou silhouettes alentour, ne serait-ce qu'à titre de repoussoirs…

Autre activité mentale nuisible au recueillement intérieur :

la lecture, ou tout déchiffrement apparenté. Lecture rapide et presque involontaire des noms de gares qui, traînées lumineuses, défilent dans la nuit noire en nombre croissant à l'approche d'une ville importante. Lecture aussi des titres de magazines et de journaux dont vos compagnons de voyage ne manquent pas d'étaler les pages sur les banquettes, à votre intention, ou par inadvertance ? "IGNOBLE BORDEL" est, par exemple, le gros titre qui bientôt saute aux yeux de l'égologiste ! L'intitulé lui paraît sur le coup si énorme, si provocant, qu'il ne peut s'empêcher de focaliser un instant dessus un œil vérificateur. C'est bien sûr "VIGNOBLE BORDELAIS " qu'il fallait lire, les lettres extrêmes du titre se trouvant à demi enfouies dans les replis de la *une* du journal froissé. "LE VIGNOBLE BORDELAIS SINISTRÉ PAR LA GRÊLE"... Rien que de très banal là-dedans. Il s'en veut de s'être à nouveau laissé piéger... Aussi rapide et partielle que soit la lecture, elle implique un retour en bonne et due forme de l'attention individuelle au double créneau des orifices oculaires, accompagnée dans certains cas d'un commentaire plus ou moins élaboré et risqué :

-Qu'il s'agisse d'aléas météo catastrophiques ou de perspectives vendangères mirifiques, la Vigne est avec le Rugby et la Tauromachie un des thèmes de base des médias du Sud-Ouest.

-Commentaire parfaitement superflu, bien sûr…

Mais voici arrivé le moment du trajet nocturne où les voyageurs d'un même compartiment se laissent aller au sommeil l'un après l'autre, et où l'un deux, s'autorisant d'un supposé accord commun, se lève pour éteindre la lumière et abaisser le store. Le repliement sur soi s'en trouve alors facilité, jusqu'à introversion totale... égale pour tous ?

*

Rouvrir l'œil... Non seulement relever le double store de ses paupières sur le monde extérieur, mais aussi, de façon spontanée, focaliser sa pupille et son cristallin sur ce volume d'espace fini qu'est la réalité ambiante, s'en *accommoder* tant bien que mal, la localiser, puis laisser filer son regard par la première fenêtre venue, commentaire à l'appui : « Ces grandes plaines moissonnées, ces grosses fermes isolées, ces silos, ces clochers dispersées à perte de vue, ces éoliennes..., la Beauce bien sûr ! Au train où va le train, c'est l'arrivée à Montparnasse dans moins d'une heure, la fin irréfutable de mes vacances, l'inexorable rentrée ! »...

« *Pericoloso se sporghesi* ! » Périlleux également de se pencher hors du moment présent pour anticiper le futur. En cet instant critique, une bonne dose de *self-control* est nécessaire à l'égologiste pour ne pas *s'impliquer* dans ce *pli* d'espace-temps très particulier que constitue un compartiment de chemin de fer au petit matin et ne pas se sentir spontanément *complice* et solidaire des êtres en compagnie desquels il vient de passer la nuit en toute promiscuité (la jeune-fille qui lui faisait face au départ est à présent assise à son côté, tête appuyée sur son épaule)... Plus difficile encore, à ce stade, de ne pas anticiper la prochaine (et définitive) entrée en gare. Lancé à grande et régulière vitesse, le train tient à rappeler aux voyageurs qu'il a *roulé pour eux* toute la nuit, déployé son inusable décamètre sur des centaines de kilomètres d'un seul tenant et déroulé en leur absence le fil du temps sans heurt ni discontinuité notables... Son service accompli, il va bientôt mettre fin à sa mission. Les précédents arrêts n'ont été que temporaires (St-Pierre-des-Corps, sept minutes d'arrêt !). Temporaires également et un peu angoissants ces ralentissements qui, plusieurs fois au cours de la nuit, ont amené l'égologiste au bord de l'éveil - le brave chien de traineau qu'est la motrice reprenant à chaque fois sa vitesse de croisière, lénifiante ! (De même au cours d'une vie individuelle, il arrive que celle-ci reparte de plus belle alors qu'elle tournait court, que de brefs arrêts cardiaques soient surmontés par le massage ou, plus moderne, le défibrillateur...) Mais cette fois la fin est proche, la voie *toute tracée*, le convoi et sa cargaison d'estivants résignés s'acheminent vers un inexorable terme, l'arrêt (de mort) est imminent. L'on n'échappe pas à sa destination (pas plus qu'à son destin).

Se raccrocher in extremis à cette saillie que fait son nez au milieu de son champ de vision ? refermer ses paupières un instant, histoire de *se reprendre* un peu, recouvrer une partie de ce quant-à-soi développé en vacances...? Pas pour longtemps. À mesure que le train approche de la capitale, le voyageur sent fléchir sa bonne disposition d'esprit, vaciller son parti-pris *égologique*. Le franchissement de plus en plus brutal d'un nombre croissant d'aiguillages ébranle sa résolution estivale, rendant de plus en plus aléatoire le maintien de son appareil binoculaire en retrait de sa ligne de front, de plus en plus inéluctable son retour à une vision *objective* des choses (celle de l'appareil photo) à savoir : au-delà du bout de son nez et en deçà de l'infini ; le juste Milieu !

De part et d'autre du wagon, les éléments du décor parisien défilent en nombre croissant, mais ralentissent de façon ostensible : façades avec ou sans balcons, antennes "râteau" et paraboles, hangars, cheminées, monuments, statues équestres ou non, poteaux électriques, tags, pubs et panneaux divers, platanes, immeubles de plus en plus serrés les uns contre les autres..., tous ces composants du mobilier urbain marquent à présent le pas, piétinent littéralement sur place, anticipent le prochain arrêt total, s'apprêtent à retrouver enfin leur statut foncièrement *immobilier*. Et tout à coup, c'est comme si tout ce décor n'avait jamais bougé, jamais cessé d'être en place !

 -TERMINUS, TOUT LE MONDE DESCEND !

Aux temps anciens de la traction à vapeur, la gravité d'un tel moment était soulignée par un long soupir épuisé de la locomotive… Avec la traction électrique, cela se passe désormais *en douceur*, de façon presque imperceptible, mais non moins pénible pour le voyageur qui, sitôt extrait du train, doit se démener sur le quai avec ses bagages, passer sans coup férir d'un état quasi euphorique de laisser-aller passif et prolongé au *transport* collectif à une reprise d'activité fébrile de toute sa personne pour se dépêtrer de la gare, de sa cohue, et rejoindre au plus vite via taxi, métro ou bus, mais en grande partie à pied, son domicile particulier - dernier havre de quant-à-soi : le bien nommé *chez soi*.

Tout un agglomérat de pierre, verre et métal met à profit le grand Retour estivalier pour se reconstituer sur place, pour *prendre* (comme on dit du ciment, ou du plâtre), se figer en un cadre de vie (un mortel carcan !) autour des *revenants* du bord de mer... C'en est donc bel et bien fini du grand équilibre liquide-solide, mobilité-immobilité, dont l'océan les a gratifié gratis pendant un mois, là-bas, à l'extrême bord occidental du continent eurasien. Ici, la Seine, modeste *artère* fluviale au lent débit méandresque, peine visiblement à communiquer quelque animation naturelle à l'agglomérat urbain qui, au fil des siècles, s'est formé sur ses bords et s'est étendu de proche en proche jusqu'à de très lointaines et *sensibles* banlieues... D'autres flux que le fleuve se mêlent d'instiller un semblant de vie à ce magma compact ; l'eau, par exemple, y est désormais *courante* à tous les étages... À signaler aussi ces divers courants alternatifs, ou mouvements circulatoires, plus ou moins artificiels, actifs en sous-sol aussi bien qu'en surface et dans les airs : courants électrique, électronique, hertzien, flux gazeux (pneumatique même à une époque pas si lointaine) ; métro souterrain et aérien, circulation automobile (les voies sur berge laissant libre cours à un double flux motorisé apte à gonfler et accélérer le débit trop dolent d'un fleuve en soi modeste et de surcroît domestiqué) ; tout cela cependant ne suffisant pas à insuffler au dit conglomérat parisien une vie comparable à celle que la mer prodigue en permanence aux cités, petites et grandes, qui ont la chance de la *côtoyer*. Certes encore, d'innombrables flux piétonniers s'emploient à animer l'espace parisien en le parcourant en tous sens (vertical comme horizontaux), seize heures sur vingt-quatre. Mais leur débit, notoirement réduit aux heures nocturnes, l'est plus encore au mois d'août, quand se produit l'exode massif des autochtones. Et c'est ce flux vital que (re)viennent opportunément *gonfler*, en ce jour de Rentrée, affluant de toutes parts (mais surtout en provenance du sud et de l'ouest), par trains entiers aux gares principales, ou en longs bouchons de véhicules individuels aux portes de la Ville : les VACANCIERS...

Malgré la petite *forme* des transhumants lorsqu'ils arrivent en gare ou aux péages autoroutiers, ce flux transfusionnel de *globules d'être* dopés par l'air des cimes, des champs ou des rivages, est très attendu de la Capitale, car propre à la revivifier. Tous sont appelés à restaurer dès le lendemain cette légendaire "Vie parisienne", qui, malgré le bénévolat touristique de flux humains externes, en particulier de provenance asiatique, a tourné au ralenti pendant trois-quatre semaines. «Vacanciers massivement de retour, c'est à *nous* de redonner vie à Paris ; de lui restituer ce niveau (de vie) très élevé qui est le sien le reste de l'année...» Pour ressusciter une ville morte, rien de tel que ses indigènes...

*

Rentrée...

Retour dans l'*antre* de l'Entreprise (pour les plus jeunes, retour dans l'antre de l'ogre scolaire ou universitaire, à savoir les établissements du même nom)... Faire son entrée, ou sa rentrée en entreprise, revient à s'insérer physiquement et se perdre psychiquement dans les détails inconnus (cas d'une nouvelle embauche), ou perdus de vue pendant un certain temps (cas d'un retour de congés), d'une configuration im-mobilière bien définie, dont la complexité et la rigidité tran-chent douloureusement avec la vacuité, la simplicité et la liberté que l'on a pu connaître hors de ses murs, notamment au bord de la mer ; c'est *se* perdre à nouveau (ou pour la première fois) dans un dédale de halls, couloirs, escaliers, ascenseurs, ateliers, bureaux, placards, tiroirs..., d'une décou-rageante complexité ; c'est *se* prendre à la toile d'araignée de tout un réseau téléphonique et informatique ; c'est enfin s'intégrer sans coup férir à une structure *humaine* (organi-gramme) aux ramifications subtiles, tortueuses, dont on n'est pas le maître, il s'en faut... Grossièrement matérialisé jadis par le passage au vestiaire, le dépouillement individuel du quant-à-soi s'effectue désormais de façon plus discrète (hu-maine ?), strictement mentale, instantanée et spontanée, comme sous l'effet d'un invisible portique, en franchissant tout simplement le seuil de l'entreprise. La (con)*fusion* du personnel en Personnel *répond* à une commutation psy-chique d'autant moins perceptible, d'autant plus indolore, qu'elle se (re)produit de manière à peu près identique cinq matins par semaine. L'*on* en éprouve une sorte d'accablement, que l'*on* impute en temps normal aux levers matinaux... Difficile cependant d'invoquer la fatigue physique en ce jour de rentrée. Après ce long congé, l'*on* devrait être en forme. L'immense lassitude ressentie ici par certains (dont l'égologiste) est d'un autre ordre : métaphysique ?

Accablement : dérogeant pour une fois à la règle de confirmation étymologique, l'on ne peut s'empêcher ici d'associer ce terme à une interconnexion devenue trop lourde, la multitude de *câbles* auxquels on se trouve attaché au sein de l'entreprise, les chaînes du forçat... Sensation tout à fait accablante pour l'égologiste, une fois franchi le seuil de la CNACA, d'entrer dans quelque chose d'*organisé* qui n'est pas son *organisme* personnel mais une réalité physique cent fois trop grande pour lui : une entité vivante avec laquelle il va devoir composer au plus vite et pour longtemps ; un organisme intégrateur dont il lui faudra assumer en partie le vécu collectif, via tout un tas de connexions entrelacées : nerfs, veines, artères, tendons, etc... "Faire corps avec" prend ici tout son sens ; faire corps, non plus avec son être personnel comme il eut le loisir de faire en vacances, mais aux dépens de celui-ci dorénavant..., au profit exclusif de cette entité collective qu'est l'Entreprise.

*

« Alors, ces vacances ? » ne vont pas manquer de lui demander - d'un ton plus machinal que réellement intéressé - ceux de ses collègues qui ne les ont pas encore prises, ou qui, *stupides* pour la plupart, les ont passées à l'ombre des autocars, des pyramides, des temples gréco-romains, mayas ou tibétains, dans la pénombre des musées, des églises, des salles de festival, etc... Il faut s'attendre au pire. S'opposer en tous cas aux pressions insistantes que d'aucuns vont exercer sur lui pour qu'il partage rétrospectivement, via photos, diapos, vidéos, leurs errances culturo-touristiques... Retour à la routine socio-professionnelle. La roue de l'écureuil en cage !

Dans un premier temps, l'inhabituelle *retenue* du *revenant* peut surprendre les plus familiers de ses proches et collègues : « Lui d'ordinaire si avenant ! » D'aucuns mettront ce changement d'attitude au compte d'une inadéquation passagère entre l'idée (l'image) que l'on a gardée de lui avant les grandes vacances et la réalité concrète (bronzée) qu'il incarne au retour, un simple décalage imputable au temps, et dont le temps lui-même devrait venir à bout, comme il vient à bout des bronzages les plus tenaces ? D'un jour sur l'autre, de la veille au lendemain, un tel changement serait sans doute jugé brutal, et susciterait probablement des réactions sociales négatives à l'encontre du *contrevenant*. La coupure dans le temps que constituent les grandes vacances facilite ce genre de rupture... Autant en profiter.

Son nouvel état peut aussi conférer à l'égologiste un charme inhabituel auprès de certains éléments du personnel féminin. Au-delà de la banale remise en forme physique, émane de sa personne une force attractive nouvelle en rapport avec l'espèce d'*aura* spirituelle acquise en "bronzant idiot"..., un reste de ce pouvoir de séduction dont il a joué et joui incidemment dans les tout derniers temps de son séjour au bord de la mer, souviens-toi ! *D'aucunes* parmi ses collègues féminines lui trouvent en ce jour de rentrée un je ne sais quoi d'étrange et de *lointain* dans le regard tout à fait séduisant, qu'il s'abstiendra bien sûr de vérifier dans une glace, et dont il lui faudra sans doute modérer les effets ravageurs... L'important pour lui est de ne pas revenir sur l'essentiel, à savoir ce léger décrochage de son foyer d'être à l'intérieur de lui-même et la détente oculaire qui en résulte. Faire accepter à l'entourage, aussi bien familial que professionnel, les conséquences relationnelles de ce repositionnement interne définitif (?) du foyer de son vécu - et les modifications qui ne peuvent manquer d'en résulter dans ses échanges quotidiens avec le monde extérieur, notamment les rapports humains -, ne sera pas une mince affaire, il s'en doute. Maintenir ses collègues, ses proches ou simples "copains" dans un flou artistique autant qu'économique (peu coûteux en attention), cette nouvelle attitude de sa part ne peut être appréciée de tous, en indisposera plus d'un, n'ira pas sans susciter chez certains - notamment chez ses supérieurs - des réactions hostiles, voire légitimement négatives...?

« Le profil psychologique présenté à l'embauche par le candidat, sur la base duquel il a été sélectionné, engagé, puis confirmé, voire promu au sein de l'Entreprise, ne saurait souffrir d'altération ultérieure trop sensible, sous peine de voir son détenteur incriminé pour rupture de contrat... » (Code du Travail, section II, art. 123).

De fait, si une certaine *décontraction* est admise, voire de rigueur dans des secteurs privilégiés de l'activité humaine comme la Publicité, le Showbiz et les Médias, décontraction du reste plus affectée qu'intimement vécue, cette manière d'être n'est pas *de mise* ailleurs, notamment dans une entreprise aussi traditionnelle que la CNACA. Si tout le monde en faisait autant !

Remarque 1 : l'introversion active, de même qu'un contact permanent avec l'Infini ne sont pas compatibles avec la rentrée socioprofessionnelle (ou autrefois scolaire). De telles dispositions d'esprit ne peuvent être perpétuées qu'en vacances ; ou alors dans un cadre de vie monastique, ou mieux encore érémitique…? Difficile, par exemple, de s'abstenir longtemps de toute lecture quand *on* est *employé aux écritures* !... Employé parmi d'autres, l'*on* n'a pas à vouloir se singulariser ici par d'autres traits qu'un complet dévouement-effacement au service de l'Entreprise. Enclave d'espace-temps laborieusement conquise sur l'Infini, elle reste en effet fragile, son statut précaire. Dans son domaine d'activité particulier, elle seule est habilitée à jouir du statut de personne ; les individus qui la composent sont tenus de s'en tenir à l'appartenance globale, autrement dit le Personnel, ou pour mieux dire : l'*Impersonnel*. Remarque : que le terme *personnel*, initialement réservé à l'individu *stricto sensu*, en vienne à désigner (1831) un ensemble impersonnel d'individus en dit long sur le processus de collectivisation en cours à la charnière des second et troisième millénaires chrétiens. Comme pour *idiot*, l'usage courant d'un mot finit par lui faire dire le contraire de ce que le Langage l'avait chargé de dire à l'origine… et qu'il s'obstine parfois à suggérer.

Remarque 2 : l'emprise foncière de l'Entreprise n'est pas grand-chose sans l'emprise humaine qu'elle exerce sur un certain nombre d'individus. Sans son personnel, l'Entreprise n'est qu'une coquille vide... C'est le propre des réalités transitoires d'être ainsi dépendantes de leurs ressortissants. Aussi solides que soient les murs de la CNACA et son assise économique, il suffirait qu'une majorité de ses employés (le Personnel, ou si l'on préfère, l'Impersonnel) se pénètre en même temps de l'idée d'Infini, s'adonne en vacances au solipsisme intégral, se décide à cette occasion d'opérer un retrait égologique permanent et simultané, donc, en termes concrets, de ne pas effectuer la *rentrée* massive de septembre, pour qu'instantanément c'en soit fini de l'esprit qui anime l'entreprise, et de la survie de celle-ci en l'état. Il n'en resterait qu'un local vacant, un corps mort attendant re*preneur*. L'on n'en est pas là. La *vacance* est temporaire et dûment programmée d'un été sur l'autre. Les vacances annuelles sont un minimum vital pour le Personnel, un moindre mal pour l'Entreprise...

Entreprise...
Encore un mot qui en dit long, un des mots-clés du milieu socioprofessionnel francophone ; et validation linguistique d'une intuition déjà ancienne... Prenant cette fois appui sur le grand "Dictionnaire historique de la Langue française" des éditions Robert, l'on n'est guère surpris d'y apprendre que le verbe *entreprendre* d'où dérive *entreprise* signifie, ou a signifié, tour à tour ou à la fois : *attaquer, séduire, atteindre, accuser, se charger de...*, avant de *prendre* le sens prééminent qu'on lui donne aujourd'hui, *commencer à faire*. Il s'y confirme aussi qu'*entreprendre* s'est formé vers 1140 à partir d'*entre* et *prendre*. Cette conformation verbale simple et

limpide, intentionnellement (?) préservée par le Langage pendant près d'un millénaire, continue de sauter aux yeux et aux oreilles de quiconque daigne prendre le temps de la décomposer en ses éléments signifiants, ou *sèmes*, premiers. Or, ce qui s'entend là n'a pas grand-chose à voir, de prime abord, avec aucun des sens signalés ci-dessus, ou plus exactement, ne fait qu'en refléter la vérité secrète, sous-jacente, désormais occultée par le sens courant. *Attaquer* (un marché), *séduire* (le consommateur), *atteindre* (ses objectifs), etc..., n'est-ce pas, pour l'essentiel, établir un lien, une relation, une *prise entre* deux, ou plus de deux protagonistes ?

La même source linguistique nous apprend que le sens devenu premier d'entreprendre (*commencer, mettre en œuvre*) résulte d'une confusion avec un ancien verbe issu du bas-latin *emprendre* (1080), lequel avait effectivement ce sens... D'où à nouveau cette peu banale mais inévitable question : qui d'autre que le Langage a voulu établir (ou laissé s'établir) la confusion ci-dessus dans l'esprit des locuteurs ordinaires ? Et pourquoi l'a-t-il fait ? Réponse possible : estimant qu'*emprendre* n'était pas assez *parlant*, ne laissait pas assez entendre l'essentielle *prise-entre* sous-jacente (*emprendre* a toutefois donné *emprise*), le Langage a fini par juger utile et nécessaire de lui substituer *entreprendre* et de conserver ce mot en l'état par la suite... Hypothèse hardie qui conforte le linguiste-amateur dans des spéculations qui lui sont chères, à savoir que le sens premier d'un mot n'est pas forcément le plus ancien, mais celui que le Langage entend faire entendre, à qui veut bien l'entendre, par delà les vicissitudes phoniques et graphiques de la vie des mots... Qu'en tout *ce* qui *se* dit le Langage ait son mot à dire, après tout c'est assez logique et légitime. Qu'à chaque fois qu'il le peut et que cela lui semble important, il ait à cœur de faire entendre sa voix, est la moindre des choses ! Quand bien même il lui faut souvent s'y résigner, le Langage répugne à laisser se former les mots au hasard, leur confère donc et leur conserve au fil des siècles - autant que faire se peut -, un maximum de sens originel. C'est ainsi que dans *entreprendre* et surtout *entreprise* il entend *nous* faire savoir qu'il ne s'agit pas là (ou pas seulement, pas essentiellement) de *mettre en œuvre*, de *commencer à faire*..., ni même de produire quelque chose, mais plutôt, et au premier chef, d'*établir un lien*, de *mettre en relation, "en prise"*..., et les réalités *entre* lesquelles la prise-entre intervient aujourd'hui, ce sont hommes...

-Et le summum en la matière est évidemment la *prise en masse* du matériau humain tout entier (ou presque) en cette entité de niveau supérieur, ce super-organisme attendu de tous (ou presque) qu'est l'Humanité !

*

-Menace de prise en masse du Grand Corps social, qu'est-ce que vous nous chantez là ? Coalescence accélérée et généralisée du matériau humain, vous voulez rire...?! s'offusque le Sens commun.

Il est vrai que sur le plan de l'apparence physique ces prophéties égologistes ne se concrétisent guère : l'espèce humaine reste composée d'individus corporellement distincts les uns des autres ; les connexions charnelles de type "Siamois" sont rares, hors norme, et font le plus souvent l'objet d'une tentative de séparation chirurgicale parfois réussie. Échanges de sang et d'organes entre humains sont certes plus fréquents, mais de là à greffer ensemble des êtres entiers...! Si l'espace interstitiel (ou *espace vital*) entre individus rétrécit notoirement avec la croissance démographique, surtout en milieu citadin, il n'en reste pas moins que, globalement, l'isolement corporel de chaque personne, donc son intégrité physique, son autonomie charnelle, n'a pas sensiblement varié depuis quatre millions d'années environ que l'Homme est de ce monde et vit en société plus ou moins primitive ou élaborée, dense ou clairsemée, solidaire ou dissociée. La séparation de corps des êtres-au-monde du genre *Homo* est une donnée de base biologique, vieille comme le monde et peu susceptible d'évolution intégratrice, *selon toute apparence...* À quoi l'égologiste croit pouvoir et même devoir répondre ceci :

-Ne surtout pas se fier aux apparences ! Il n'est que de voir fourmis, termites, abeilles et autres insectes dits *sociaux*..., toujours distincts en tant qu'individus, *indissociables* en tant que collectivités. S'en tenir au seul plan de la réalité *physique* pour juger d'une intégration en cours relève d'une illusion d'optique hélas fréquente, d'une vision naïve et toute superficielle des choses... et des êtres. Partialité, *partiellité* d'une telle vision... Si l'on considère en effet l'espace comme *une vue de l'esprit* (conformément à Kant), la réalité dernière de l'être humain n'est pas seulement son corps, mais un peu plus quand même, son être-au-monde, c'est-à-dire la bulle de vécu quadridimensionnelle dont chaque *un* s'enrobe, et au sein de laquelle *on* survit tant bien que mal, à titre individuel mais aussi collectif. L'épiderme le plus *voyant* n'est pas nécessairement le plus réel, et le moins visible le plus anodin... Force est de constater que les bulles de vécu humain, rares autrefois sur Terre et plutôt autonomes, deviennent chaque jour plus nombreuses et de plus en plus proches les unes des autres, donc pressées, compressées, et surtout de mieux en mieux connectées entre elles, au moyen d'*adhérences* qui, pour immatérielles (*virtuelles*) qu'elles soient, n'en sont pas moins fortes. La *colle* du *collectif* suggérée ici par le Langage n'échappe pas aux oreilles francophones. Interpénétrations et invaginations ne sont pas que sexuelles... Et sur un autre plan, celui des interconnexions invisibles (ondes hertziennes, infra-rouges, micro-ondes, etc...), l'on ne peut nier non plus que la situation évolue désormais très vite et qu'elle va dans le sens d'une coalescence et intégration toujours plus pous-sées des êtres humains à l'échelle planétaire.

-Et cette évolution a d'autant moins de chance d'être contrariée et freinée, ou simplement contestée, dénoncée, qu'elle est perçue de façon positive par les individus qui la subissent... Jamais sans doute dans toute l'histoire humaine l'aspect uniquement matériel, corporel, superficiel des choses et des êtres ne l'a emporté à ce point sur la réalité spirituelle...

-Explication : si la bulle de vécu personnel dont chaque *un* peut faire état (et si grand cas) n'a aucune réalité *aux yeux* mêmes des individus qui en sont a priori dotés, c'est qu'elle ne *se* voit pas ! Or, à l'âge de la télévision et de la vidéo régnantes, ce qui ne se voit pas n'existe pas ! Les bulles individuelles sont pure transparence. Transparentes à elles-mêmes et les unes aux autres, la plupart ignorant qu'elles se touchent, s'arriment, se chevauchent, s'interpénètrent mutuellement, à leur insu, fusionnent à l'aveugle de façon toujours plus intime et solidaire, au point de se confondre parfois et ne plus former par endroit qu'un morceau de tissu intersubjectif continu, une sorte de gélatine proliférante, envahissant *progressivement* et irrésistiblement la terre entière... Les bulles individuelles ainsi soudées en nombre croissant n'en formeront bientôt plus qu'une autour de la planète, un globe global plus éthéré que l'atmosphère, une sorte de gros globule plus diaphane que l'azur, avec quelques protubérances spatiales (extra-terrestres) ?

-L'individu dans *tout ça* ?

-À de très rares exceptions près, il ne se doute de rien. La grande masse des humains n'a pas plus conscience de cette coalescence que n'en eurent en leur temps sans doute les atomes et molécules individuels quand ce fut leur tour de fusionner et se *solidariser* en divers matériaux, ou encore les unicellulaires vivants quand ils en vinrent à s'associer et se combiner en de multiples organes et organismes de plus en plus élaborés. Ce qui leur arrivait là les *dépassait* littéralement et *s'est produit* en quelque sorte à leur insu... Le nez sur son épiderme *apparemment* intact, l'individu lambda entretient ainsi l'illusion complaisante de son autonomie existentielle. Une aisance matérielle jusqu'ici en progrès constant le conforte d'ailleurs dans cette idée et les avancés techniques lui confèrent de facto une liberté toujours plus grande, notamment sur le plan spatial. L'automobile justement : symbole inégalé et cependant égalitaire d'autonomie puissante et confortable ; la Société, via l'Entreprise, en dote "automatiquement" tous ses sociétaires, pourvu qu'ils fassent preuve à son endroit d'un minimum de bonne *conduite*. Qui oserait s'insurger contre des progrès matériels aussi évidents, ou même se poser des questions à leur sujet ? La hantise d'une prise en masse humaine à l'échelle la Terre relève du pur fantasme, peut même être qualifiée de paranoïaque !

-Objection égologique : ignorer la menace croissante de prise en masse intersubjective au motif que les corps que l'on voit autour de soi, et le sien propre, restent bien détachés les uns des autres (en particulier sur la plage face au Large) est une vue superficielle de la réalité humaine, une *Weltanschauung* primaire qui ne tient guère compte de la révélation-révolution kantienne d'il y a trois siècles, à savoir que les *phénomènes* ne peuvent nous renseigner sur ce qui se trame en dessous, sur ce qu'il en *est* en réalité, "en dernier ressort", au niveau du *noumène*.

-Sans doute. Mais on peut opposer ici un autre argument de poids à la thèse égologique de prise en masse intersubjective : ces formes triviales du solipsisme que sont l'égocentrisme, l'individualisme, le repli sur soi, loin d'avoir été éradiquées des communautés humaines actuelles, y semblent plus prospères qu'aux temps anciens des communautés tribales.

-De fait, nul être ici-bas, aussi *au* monde soit-il, n'est à l'abri de bouffées solipsistes intempestives ! C'est sans doute que le statut d'être singulier dont *on* jouit au départ ne se révoque pas par simple édit socio-humanitaire ? Tout être digne de ce nom est à même d'observer par lui-même (avec satisfaction ou déplaisir) que l'individualité dont il bénéficie sa vie durant sur le plan corporel subsiste aussi au plus intime de sa réalité psychique, c'est-à-dire spirituelle. Même après des décennies d'intense vie sociale, le plus extraverti ou altruiste des individus, le plus viscéralement associatif (grégaire), garde une certaine *réserve* de quant-à-soi vis-à-vis de ce qui l'entoure : un reste d'*être* plus ou moins conséquent, un for(t) intérieur plus ou moins délabré, sur lequel il lui est loisible de se replier à tout moment s'il en éprouve l'envie, ou le besoin. Bien mieux ou pire, le repliement sur soi, ou "retour à soi", est pratiquement obligatoire chaque fois que l'on s'apprête à s'endormir. Même fugitif, l'examen de *conscience* qui prélude au sommeil est à prendre à la lettre... L'absorption de chaque *un* en soi-même (sans perte de conscience) intervient par ailleurs de façon automatique, quoique irrégulière et imprévisible, à l'occasion de quelque souffrance physique (et même parfois psychique) intense. Souffrir, c'est jusqu'à nouvel ordre *chacun pour soi* ; c'est un rappel à l'ordre égologique qui n'a que faire alors de la compassion intersubjective.

-Remarque : considérer les injonctions physiologiques tantôt comme des rappels à l'ordre social, tantôt comme des rappels à l'être individuel n'est-il pas contradictoire ?

-En apparence. Selon que l'on se trouve dans une *prédisposition* d'esprit intra- ou extravertie, l'injonction agit dans l'un ou l'autre sens, et prend le contre-pied de ma disposition initiale. C'est ainsi que le plus extraverti des êtres, le mieux disposé à l'égard du dehors et d'autrui, le plus hostile au nombrilisme (« le moi est haïssable ! ») et le plus intimement convaincu de la réalité intrinsèque du monde extérieur, n'est jamais tout à fait à l'abri d'une rechute dans l'introversion, récurrente ou imprévue (« c'est plus fort que moi »). Aussi dissolvante que soit l'activité du Milieu à l'encontre du noyau dur de la subjectivité, - et complaisante la disposition d'esprit du sujet vis-à-vis d'une telle entreprise -, l'abolition égologique totale s'avère moins facile et moins rapide à réaliser qu'*on* pourrait le craindre.

-Ou le souhaiter...?

-En dépit des efforts conjugués de part et d'autre, l'extinction du foyer subjectif reste imparfaite, le feu d'*être* personnel continue de couver en chaque être digne de ce nom, parfois pendant des décennies, avec de brusques retours de flamme, ou *retours à soi*. Le moins nombriliste des individus, le plus socialisé, le plus naturellement grégaire et/ou compassionnel, a souvent la mauvaise surprise de (re)découvrir au fond de lui-même cette partie honteuse, haïssable, ce gouffre aux effluves nauséabonds qu'est *son* for intérieur, et de renouer quelques instants avec cette pratique non moins honteuse - et qui en temps normal lui fait horreur : l'introspection !?

-Faut-il en conclure que l'intégration-fusion achevée des subjectivités humaines en un super Sujet unique n'est pas pour demain et déplorer ce retard..., ou s'en réjouir ?

-S'il est vrai que la prise en masse n'est pas encore totale, ni parfaite, il est non moins vrai que le Milieu s'emploie avec constance et succès, de façon très active et ciblée, à raréfier autant que faire se peut les occasions citées plus haut de rechute nombriliste que sont pour les individus (consentants ou réticents), d'une part l'état de présommeil (voire l'insomnie), d'autre part la souffrance psycho-physique. À cette fin, des substances toujours plus *actives*, telles que barbituriques, anesthésiques, antalgiques, anxiolytiques, euphorisants..., sont sans cesse mises au point par le Milieu à destination des individus "à risques", pour mieux les assujettir...

-Au demeurant - et sans doute est-ce là le facteur le plus agissant -, l'idée que les multiples bulles de vécu individuel n'en forment en réalité qu'une (une seule et même grande bulle de vécu collectif, intersubjectif), cette idée insidieuse autant que fallacieuse s'insinue très tôt dans nos cervelles d'enfants et devient implicite dans toutes les représentations courantes que l'*on* peut avoir du monde à l'état de veille. Chaque *un* a cette idée de bulle globale en tête quand il se réfère au monde objectif, réalité en soi perçue de façon identique par tous les êtres dignes de ce nom, *version unique* que résume à lui seul le mot *Univers*..., le type même de l'idée préconçue, *toute faite*, et difficilement défaite, l'un des fondements de la pensée unique, préliminaire à l'unification effective et définitive de l'Humanité ?

-S'agissant de la *prise en masse*, tâcher de bien marquer ici les deux temps de l'opération en cours (telle que programmée par le super Ego en charge de l'accomplir...

-Et appelé à en bénéficier.

-Dans un premier temps, convaincre chaque *un* qu'il n'existe qu'un plan de réalité digne d'être pris en considération, celui de la réalité physique, et que, sur ce plan-là, personne n'a rien à craindre mais tout à gagner à s'y intégrer et coopérer. Non seulement l'intégrité personnelle n'est pas menacée, mais elle est plus que jamais assurée par les progrès de la technique, de la médecine, de la démocratie, grâce aussi à l'entraide sociale (encore un mot qui en dit long : *solidarité* !). Second temps de l'opération en cours : une fois endormie (anesthésiée) la méfiance native du sujet singulier, développer entre lui et ses semblables des interconnexions de toutes sortes, peu voyantes mais de plus en plus solides, *aliénantes* et nombreuses, sur un plan de réalité dont il n'a plus qu'une idée floue, brumeuse, quasi fantomatique, le plan intellectuel et/ou spirituel, innocemment appelé *virtuel*.

-Au demeurant, sans être aussi patents que l'emprise tentaculaire du Virtuel, des signes physiques de prise en masse sont déjà manifestes au sein de la communauté humaine. *Croissance* en est le dénominateur commun : croissance démographique à l'échelle planétaire, croissance pondérale (obésité) d'un nombre croissant de sujets singuliers. À quoi il convient d'ajouter la concentration urbaine croissante de toutes les populations du globe (90% à l'horizon 2050 !).

-Interconnexion, croissance… L'une ne va pas sans l'autre et réciproquement. Interconnexion croissante et croissance interconnectée déterminent l'évolution actuelle de l'espèce humaine, à savoir la prise en masse des individus qui la composent… *Croissance* est le mot d'ordre le plus en vogue d'un bout à l'autre de la planète à partir du XIXème siècle ; c'est aujourd'hui la référence politico-économico-sociale absolue, toutes tendances idéologiques confondues, le *cela-va-de-soi* le moins remis en cause. L'idée de "croissance zéro" ne fut avancée au début des années 1970 que pour être aussitôt stigmatisée, vilipendée, ridiculisée, et pour mieux relancer tout de go la Croissance, ce Credo de toute religion. Croissance, croyance…?

-Croissez et multipliez ! est de fait le mot d'ordre ancien le mieux obéi par le règne animal aussi bien que végétal, depuis l'apparition de la vie sur terre. Non sans *décrue* occasionnelle...

-La croissance biologique n'exclut pas, en effet, des paliers provisoires de stabilité (stagnation), voire des épisodes de franche décroissance, ravages épidémiques, catastrophes naturelles dévastatrices, extinctions massives, massacres intercommunautaires en tous genres... Pour s'en tenir au règne humain, ces manifestations positives de prise en masse que sont les mobilisations guerrières, ont pour contrecoups négatifs les tueries de masse. Leurs substituts du temps de paix que constituent les grands rassemblements sportifs, politiques, religieux, idéologiques, festifs, les bien nommées *manifs*, dégénèrent parfois en troubles désintégrateurs. Ce sont les hauts et bas inévitables d'une progression au bout du compte inexorable.

-De fait, le Milieu ne manque pas de moyens coercitifs pour surmonter ces crises, assurer son *emprise,* dont en dernier recours l'*emprisonnement* pénitentiaire.

-On va t'apprendre à vivre !

-La prise en masse des singularités natives est donc la grande *Affaire* du Milieu socio-humain, son grand Dessein, sa grande Entreprise. Éducation, service militaire, emploi professionnel, engagement associatif, tout y concourt... Tenter de *se* soustraire par des voies illégales à cette emprise somme toute graduelle et diversifiée, et du reste souvent gratifiante, peut valoir au *déviant* un emprisonnement, non pas *soft* et intermittent, « à la petite semaine » de 35-40 h (l'emploi en entreprise évoqué ci-dessus), mais dur, étroit et à temps plein (celui du milieu carcéral, et/ou psychiatrique). Jouissant sa vie durant d'une apparente (et relative) autonomie spatiale, chaque *un* est *pris* (pressé) par le Temps dès son plus jeune âge. L'emploi du temps s'impose à lui dès le Jardin d'Enfants. Plus tard, l'*emploi* proprement dit en Entreprise a pour objectif (et pour effet) non seulement de le faire *ployer* sous quelque charge d'intérêt général et *plier* devant la Loi, l'Autorité, le règlement, l'encadrement, la hiérarchie, mais plus encore de le déposséder du plus clair de *son* temps ! L'em*ployé* apprend vite à se déprendre de son temps personnel au profit de ces entreprises collectives que sont, non seulement l'apprentissage scolaire initial, le service militaire ou civil, l'activité professionnelle enfin, mais aussi, et de façon plus attractive, le jeu sous toutes ses formes, et notamment les sports, *passe-temps* par excellence...

-Enfant, adolescent, puis adulte, l'*on* se prête volontiers aux jeux ; l'on se prend éventuellement d'une vraie passion pour certains d'entre eux, parfois comme acteur (ping-pong), le plus souvent comme spectateur (tennis)... Une façon comme une autre pour chaque *un* de tromper le temps et se jouer des menaces à long terme que le temps fait peser sur lui, une façon surtout de se masquer l'inéluctable "Fin de toute choses"...

-L'emprise (l'*en prise*) du milieu ambiant s'exerce dans les domaines les plus divers : l'on se laisse prendre à tel prenant spectacle, tel évènement sportif, à telle captivante lecture ou écoute musicale.

-L'on se prend d'affection ou d'amour pour telle(s) charmante(s) personne(s) !

-Et d'aversion, de haine parfois, pour certaines autres, ce qui ne vaut pas mieux...

-L'on ne peut non plus s'empêcher tout à fait de prendre parti pour tel parti et de prendre à partie tel autre ; de prendre fait et cause pour telle idéologie ou croyance religieuse, et de prendre les armes contre telles autres. Autant de prises de risques bien inutiles !

-L'emprise religieuse..., il faut en parler ; elle est vieille comme le Monde. Sous le nom éloquent de *religion* (du latin *religare*, "relier"), les prises en masse partielles à caractère spirituel ne datent pas d'hier. Elles *inter*viennent à *inter*valles réguliers dans l'Histoire humaine, en différents points de la Terre, constituant des étapes de coalescence *inter*médiaires entre la prise en masse d'ordre biologique (cellulaire) qu'a représentée en son temps l'émergence organique d'un indivi-du tel que l'Homme et la prise en masse actuelle à l'échelle planétaire de milliards d'individus en cet intégron de niveau supérieur que devrait être sous peu la société des hommes.

-L'Humanité...

-Notons en passant ceci : m*esse* et *masse* ont même origine linguistique. La messe (*mass* anglais) est le maître-mot d'une des religions longtemps dominante en Occident, la Catho-lique... À ses côtés, trois-quatre autres grandes religions sont parvenues, "bon siècle mal siècle", à rassembler la grande masse des individus de la planète sous la houlette plus ou moins bienveillante d'un Dieu s'autoproclamant unique. Dans les interstices se sont glissées de façon plus ponctuelle, ou dans des diasporas diffuses, une foule de petites religions, ou sectes, ayant pour *mission* spécifique d'amener à se regrou-per, de quelque façon, des élites ou populations marginales a priori récalcitrantes aux phénomènes de (prise en) masse, ou un peu plus rétives que les autres à la perte de leur singulari-té...

-Regroupements transitoires et restreints avant de les pré-cipiter à leur tour dans l'infernal chaudron commun (*melting pot*) où mijote la grande tambouille humanitaire ! la sauce sociale !!

-Image plus religieuse : la *nef* comme super *voûte* crâ-nienne, sous laquelle les fidèles se massent. L'office reli-gieux : une seule tête et une seule idée en tête, celle de Dieu (ou de l'Entité qui en tient lieu).... Basilique Saint-Pierre, mosquée Sainte-Sophie, grande Synagogue et autres lieux de culte : condensateurs-amplificateurs des velléités spirituelles de la communauté humaine...

-Innombrables et polythéistes au départ, les religions ont fusionné *massivement* au fil de l'Histoire, pour ne plus former bientôt que trois-quatre grands conglomérats monothéistes. Un peu à la manière des multinationales dans le domaine économique. Rivales impitoyables pendant longtemps, ces géantes internationales sont aujourd'hui de plus en plus enclines à *composer* les uns avec les autres, à pratiquer l'œcuménisme.

-Justement, aussi inattendu que cela puisse paraître, *œcuménisme* et *économisme* sont termes étymologiquement cousins ; et tout bien considéré, il en est de même des phénomènes qu'ils recouvrent : mondialisation, globalisation, interpénétration... Les progrès de l'œcuménisme vont de pair avec ceux de l'économisme...

-Autre remarque allant dans ce sens : l'apparentement terminologique entre monde religieux et milieu socio-professionnel est particulièrement audible en langue anglaise avec des mots comme *clerk* (employé, membre du clergé) et *office* (bureau, service religieux). Sans compter que *job*, d'étymologie jusqu'ici mystérieuse, pourrait bien faire référence à l'individu accablé de maux sur son fumier dont la Bible nous conte la navrante histoire. La souffrance inhérente à toute forme de *travail* (y compris l'accouchement) est du reste confirmée par l'origine latine du mot (*tripalium* = torture) et explicitée par la double malédiction biblique : « Tu gagneras ton pain à la sueur de ton front » ; « Tu enfanteras dans la douleur »...

-Aussi bien (?) dans le domaine spirituel que dans l'économique, l'intégration-fusion humanitaire va donc bon train et présuppose la désintégration-dissolution indivi-duelle. La prise en masse procède avec prudence, sans trop brusquer son monde, par étapes *graduelles*, ou *dégradation*. L'on songe ici à l'action physique opérée sur le granule d'amidon (intact dans la farine) pour qu'il s'intègre à la pâte boulangère. Tout comme elle, la dégradation psychique de l'individu de base s'effectue de façon progressive et par tous les moyens coercitifs existants (attrition, compression, imbibition, pénétration...). Elle connaît certes, on l'a vu plus haut, de longs paliers de consolidation, voire de nécessaires retours en arrière. Des déchirements fratricides, des schismes désintégrateurs sont susceptibles de se produire ici ou là, à tout moment, au sein du matériau humain en cours d'agrégation. Sur le long terme, cependant, le Processus est en bonne voie, la (bonne) Cause entendue : à l'aube du XXIème siècle, la mondialisation ou globalisation de la Réalité humaine cesse d'être une utopie. Mission (presque) accomplie !

-Soumission générale...

-Toute religion a pour mission première de convertir la multitude croissante des introversions individuelles, au départ anarchiques et disparates, en extraversion(s) unifiée(s), d'abord communautaires, puis au-delà, transcendantales, c'est-à-dire tournées vers quelque (ir)réalité théologique qui les dépasse, Dieu, Allah, Jéhovah...

-L'athée lui-même, le plus invétéré ou se *croyant* tel, n'échappe pas toujours à ce processus pervers. Certaines dispositions de notre esprit ne nous amènent-elles pas ici même à personnaliser, voire déifier indûment, cette chose a priori dénuée d'un vécu autonome et réfléchi qu'est le Langage ? à faire de celui-ci une sorte d'entité pensante et agissante ? Et agissant pour *notre* bien, bien sûr...

-Chasser le religieux de votre esprit par la grand porte de la Raison, il revient au galop vous hanter par la lucarne des spéculations métaphysiques.

-Le propre du religieux est d'être vivace, tenace, insidieux et protéiforme...

-Comme la Vie.

-Chronique d'une prise en masse annoncée : « Le XXIème siècle sera religieux, ou ne sera pas. » (Malraux). La transformation du matériau humain jusqu'ici morcelé, en une réalité nouvelle d'un seul tenant, hantait sans doute déjà l'esprit du prophète de l'Apocalypse quand il évoquait la Bête du même nom. L'abêtissement des masses par les médias ("de masse") y concourt en effet. Formation concomitante d'une grande intelligence centrale, sorte de centre médiatico-informatique auquel se trouveront rattachées, accrochées, *branchées*, interconnectées de gré ou de force, les milliards de consciences préconditionnées en consoles individuelles à travers le monde... D'ores et déjà, cette tête unique engendre la Pensée unique évoquée par ailleurs. Une même façon de voir et concevoir les choses, les êtres, les évènements, chez tous les *accrocs* du multimédium ; un ensemble cohérent (un *corpus*) d'idées toutes faites concernant en premier lieu le Monde : 1) il apparaît *le même* à tous les êtres dotés des mêmes sens, c'est-à-dire appartenant à la même espèce, en l'occurrence l'Homme ; 2) il *est* tel qu'il leur apparaît ; 3) il est d'un seul tenant dans l'espace et le temps ; 4) il est unique en son genre, l'unique *version* possible du Réel, la réalité absolue, l'Univers.

-Pensée unique→version unique→universion...?

-*Univers* est à l'origine (1150) un simple adjectif signifiant « tourné vers, de façon à former un ensemble unitaire ». Autrement dit : toutes les pensées (humaines) tournées, concentrées, focalisées (vers)(sur) un même objectif, la réalisation du Monde, confèrent à celui-ci (à leurs dépens ?) substance, constance et consistance... L'Univers, devenu *substantif*, désigne dès lors la totalité de la réalité objective, ou Réel, par opposition à ce qui peut encore traîner de rêves et de fiction, d'irréalité subjective dans la tête de chaque *un*... Ce n'est nullement jouer sur les mots qu'entendre dans *version,* en se référant à l'étymologie la plus officielle, l'idée de *verse* ou *versement* plutôt que celle devenue courante d'interprétation ou de traduction... L'Univers est la *version unique* du *ce-qui-se-passe,* tel que réalisé par les cerveaux humains conformément au tempo de vécu qui leur est propre. Autrement dit, l'ornière existentielle où l'*on* a, en tant qu'être-*au*-monde, malencontreusement versé et dont on ne peut plus s'extraire. Être *au* monde = chute originelle !

-La *subversion* serait alors de résister à la prise en masse universelle, autrement dit de se poser en adversaire isolé mais résolu d'une coalescence annoncée...?

-Subversif et égologiste à ses heures, l'on se verrait volontiers dans le rôle de l'anticorps stoppant la contagion fatale, ou dans celui du grain de sable grippant la machine emballée, enrayant l'implacable processus en cours.

-Mais à ce stade, on subodore un piège : s'opposer à..., lutter contre..., n'est-ce pas finalement s'impliquer dans ce que l'on prétend combattre, le prendre au sérieux au lieu de le relativiser ? S'*en* prendre à... équivaut à *se* prendre à... Prendre trop à cœur cette version-ci de la réalité revient à se couper de l'infinie pluralité des autres versions possibles, et notamment des innombrables versions au programme desquelles la redoutée prise ne masse ne figure pas, ou ne figure plus ; la *subversion* tournant alors sans le vouloir à une forme sournoise de *conversion*... ?

-Autre approche subversive : ce qui semble se passer dans cette version-ci du Réel n'est peut-être, après tout, qu'une idée qu'*on* se fait, une de plus... Univers, Nature, Société, Entreprise, Interconnexion, Religions, Mondialisation, etc., tout cela n'a pas de réalité en soi, relève de la seule représentation morbide que s'en fait le sujet réalisateur, en l'occurrence moi, toi, on, il... ! Le vrai danger n'est donc pas la prise en masse elle-même mais la croyance en celle-ci, y compris le contexte dans lequel elle est censée intervenir, à savoir cette version de l'Univers, que l'on fait *sienne* conformément à la pensée unique *en vigueur*.

-L'on ne se méfie jamais assez, y compris de soi-même...

-Le Monde pourrait n'être que le rêve (le cauchemar ?) éveillé d'une monade solitaire ; le Réel, tout comme l'Irréel, être à la merci d'un réveil en instance de se produire. L'Univers, une bulle hypertrophiée susceptible d'éclater à tout moment...? En quel cas il serait du ressort de chaque *un* et son devoir bien compris, de s'arracher à la réalité du Monde avant qu'elle ne lui pète à la figure...! L'hygiène égologique la plus élémentaire nous commande en tout cas de ne pas écarter totalement l'idée selon laquelle « tout ça n'est rien », ne menace en rien notre être intime si nous faisons corps résolument avec lui.

-L'hypothèse solipsiste (« tout ça n'existe que dans ma tête ») est d'autant moins à écarter qu'elle titille et stimule agréablement mes neurones et synapses cérébraux. Nul besoin de croire pour être pratiquant... J'en viens même à penser - mais ne sais pas (et ne saurai sans doute jamais) si cette réflexion m'est personnelle ou m'est inspirée du dehors - que me laisser obnubiler ainsi par l'idée de prise en masse surhumaine (ou celle de quelque autre menace extérieure) ne peut qu'accroître l'emprise qu'elle a sur moi, ma vulnérabilité à son endroit. Si elle n'existe pas, la voilà créée de toutes pièces ; c'est trop bête ! Qu'elle soit réelle ou non, ce n'est pas hors de moi, en un vain combat collectif, qu'il faut combattre cette menace, mais en combat singulier, au plus fort de moi-même ("le combat avec l'ange" ?)... M'en prendre au *milieu*, aux *médias*, à l'*entreprise*, à *autrui* même, bref au *Monde*, c'est tout bonnement "faire corps" avec, ou comme on dit communément : *faire avec*... Si les choses ne se passent pas comme je voudrais, à qui la *faute* (originelle ?). Pour tout ce qui m'arrive de déplaisant ou de fâcheux, je ne peux honnêtement (et ne dois égologiquement) m'en prendre qu'à moi-même...

*

Débouché

Déboucher sur la mer... En réalité, c'est la mer qui débouche. *Déboucher* prend ici le sens transitif qu'il a en plomberie, en oto-rhino-laryngologie, voire en cardiologie. L'immense réserve d'eau marine *chasse* d'un coup tout ce qui bouchait ma vue jusqu'ici...

Autre image : *tabula rasa*... La mer fait table rase de tous les obstacles dressés à tout bout de champs et de cités par la Nature et/ou la Société en travers de mon regard à l'intérieur des terres : haies, buissons, bosquets, rideaux d'arbres, talus, collines, montagnes, immeubles en barres ou tours isolées, murailles, échafaudages, parois diverses, statues équestres ou non, façades, frontons, pignons, clôtures, panneaux publicitaires, électoraux ou de simple signalisation, etc…, sans oublier (*last but not least*, car au tout premier plan de mon champ de vision désormais) les écrans vidéo de tous formats et de tous types, analogiques ou numériques, que la Technique a soin de multiplier sous mes yeux pour mobiliser toute mon attention, et plus encore m'*occuper* totalement l'esprit. Tout ce qui – minéral, végétal, animal - obstruait, cloisonnait mon espace immédiat, bloquait mon regard de tous côtés, empêchait mon attention mais surtout mes pensées d'aller trop loin dans l'évasion mentale, s'est d'un coup (de baguette marine) volatilisé. Coup de torchon panoramique ! La mer tire donc un trait (horizontal) sur la totalité du décor vertical, phares exceptés. Ce démontage en règle des montants, portants et écrans de notre cadre de vie de tous les jours explique sans doute l'irrésistible attrait qu'exerce la *vacuité* naturelle de certains lieux dits "de vacances" sur la plupart des êtres qui, comme moi, passent la plus grande partie de l'année en milieux clos, confinés, compartimentés... Les transferts massifs de population que cela occasionne ! La Nature a horreur du vide... Hypothèse plausible : les grandes migrations estivales répondraient moins à un besoin de détente des populations urbaines hyperconcentrées qu'à cet appel du vide qu'exercent sur elles des espaces traditionnellement sous-occupés ; une affaire de vases communicants ; l'*évasion* vacancière, un simple trans*vase*ment ?

Occasion en tout cas bienvenue d'une soudaine et complète *détente* de tout mon être au sein de cet espace relativement vacant qui s'ouvre et s'offre à moi sous le nom de "Large"... Détente simultanée de mes cinq sens *physiques*, mais aussi du sixième, en réalité le premier d'entre eux, le psychisme ou esprit, lequel n'a plus *lieu* ici de tendre son attention (notamment visuelle) vers quelque point précis de ce milieu peu différencié qu'est l'océan. Uniques attractions du spectacle en cours, toutes les vagues se valent. Et du côté du temps, il n'est nullement besoin ni opportun pour ma pensée de se tourner vers quelque point situé hors du présent, surtout pas le futur, car rien de bon n'est à attendre de ce côté, sinon, à moyenne échéance, la fin de l'été, et à plus long terme (?), l'extrême et fatale Échéance, l'irrémédiable échec biologique, l'impasse égologique à laquelle on préfère pour le moment ne pas penser : l'irréversible *trépas* !... Emploi du temps du néo-retraité : une feuille vierge, à l'image de l'estran, cette aire de sable remise à neuf toutes les seize heures par la mer en se retirant. Le *retrait* définitif de toute obligation socio-professionnelle dégage mon horizon temporel, me dispense donc de consulter sans cesse ma montre et le calendrier. En dehors des heures fixes de repas à l'hôtel, rien ni personne ne m'attend... Je peux, si je le souhaite, me laisser *être* ici selon un emploi du temps exempt de toutes préoccupations autres que celles de sustenter mon corps, le dorer au soleil, le rafraîchir en mer, le laisser somnoler... et pousser mon esprit à faire une incursion dans l'impensé de temps à autre, pourquoi pas ?

―――――――――――